제33회 지구문학작가회의 사화집 출판기념회
지구문학 겨울호(60호) 신인상 시상식 및 출판기념회
송년 시와 산문 낭송회

윤명철 시집《고구려 마음》 임춘식 시집《꽃과 바람》
임병전 시집《천국의 계단》

▮ 때 : 2012년 12월 18일(화)　　▮ 곳 : 파고다타운

축사 양창국 지구문학 회장

진동규 지구문학 대표

도창회 수필가

윤명철 시인

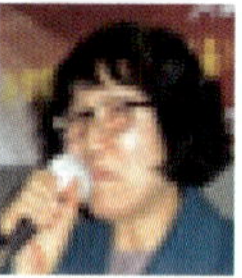
김현숙 시인

김용옥 수필가

임춘식 부회장

김기명 부회장

백활영 부회장

전병삼 부회장

민향 부회장

사회 신민수 사무국장

신순애 시조시인

이규복 시인

경길수 수필가

홍경숙 시인

지구문학 신인상 김영 시인

김부조 시인

이종숙 시인

이재호 시인

정순덕 시인

축하케익 촛불을 끄며

이미진 시인

전사운 시인

김동익 시인

행사를 마치고 내외 귀빈들과 함께

제2회 진을주문학상 시상식

수상자 : 최원규 시인 　수상작품 : 〈오랜 우물 곁에서〉 외1편
수상자 : 김남곤 시인 　수상작품 : 〈질마재봄날〉 외1편

▌때 : 2013년 2월 13일(수) 6시 　▌곳 : 한일장

▌주최 : 지구문학사 地球文學社 　▌후원 : 지구문학작가회의 地球文學作家會議

김정오 편집인

정종명 문협이사장

양창국 지구문학 회장

신세훈 전 문협이사장

신인호 회장

이유식 평론가

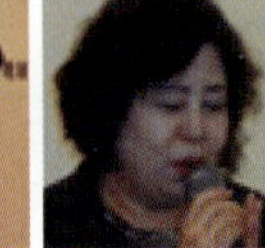

엄기원 전 문협부이사장

윤수아 시인

이오순 수필가

수상자 최원규 시인

진을주문학상 수상자들과 운영위원들

제1회 진을주문학상을 수상한 최원규 시인 부부

시상식을 마치고

제34회 지구문학작가회의 시와 산문 낭송회

■ 때 : 2012년 3월 26일(화) 6시   ■ 곳 : 한일장

개회인사 신인호 회장

양창국 지구문학 회장   진동규 지구문학 대표   김현숙 시인   이희선 시인

신순애 시조시인   김상현 시조시인   함경옥 시인

케익 커팅

홍재숙 수필가   조마리아 시인   정기용 수필가

김진섭 시인   신유하 시인   최부희 시인

지구문학 신인상 장택상 시인(가운데)

이정희 시인   이규복 시인   이서연 시인

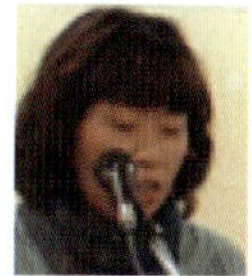

경길수 수필가

김평년 시인

행사를 마치고

김태준 소설가

제35회 지구문학작가회의 시와 산문 낭송회
지구문학 여름호(62호) 신인상 시상식

▌때 : 2013년 6월 25일(화) 6시   ▌곳 : 한일장

개회인사 신인호 회장

금동원 시인

한경선 시인

이규복 시인

신유하 시인

최부희 시인

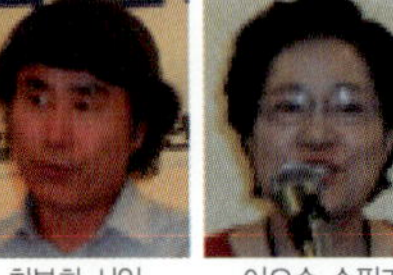

이오순 수필가

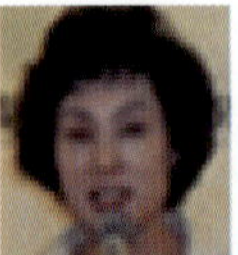

조마리아 시인

경길수 수필가

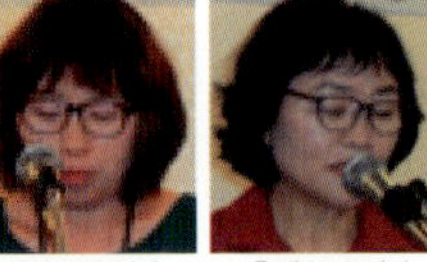

홍재숙 수필가

이정희 시인

이덕주 평론가

김진섭 시인

이명숙현 시인

임병전 시인

김상현 시조시인

양창국 지구문학 회장

이유식 평론가

이희선 시인

신민수 사무국장

지구문학 신인상 김관수 시인

지구문학 신인상 정광제 시인

지구문학 신인상 최순이 시인

지구문학 신인상 이소영 시인

행사장에서

시상식을 마치고

제36회 지구문학작가회의 시와 산문 낭송회
지구문학 가을호(63호) 신인상 시상식

▌때 : 2013년 9월 24일(화) 6시   ▌곳 : 한일장

개회인사 신인호 회장

양창국 지구문학 회장

윤명철 시인

신순애 시조시인

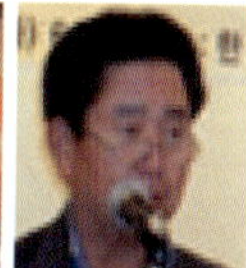

김기명 수필가

최미려 수필가

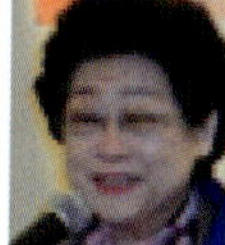

이명숙현 시인

임병전 시인

한경선 시인

지구문학 신인상 박경희 시인

지구문학 신인상 윤재하 시인

금동원 시인

김진섭 시인

최부희 시인

지구문학 신인상 이영옥 시인

지구문학 신인상 신기윤 시인

김동익 시인

이진숙 시인

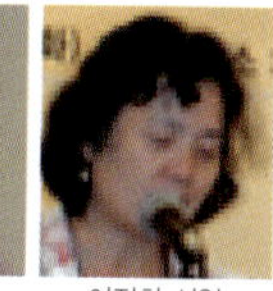

이정희 시인

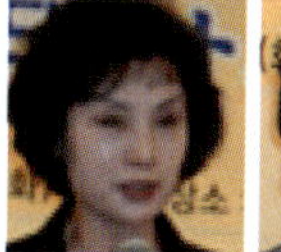

조마리아 시인

신유하 시인

정용채 시인

행사를 마치고

정기용 수필가

홍재숙 수필가

이서연 시인

포토 뉴스
Photo News

진을주 동산 시비 제막식

▌때 : 2013년 5월 11일(土) 12시 30분   ▌곳 : 봉강鳳岡 송림산 진을주 선생 생가

이규복 시인

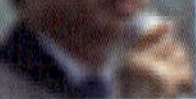
김정오 편집인

진동규 지구문학 대표

성춘복 전 문협이사장

김시철 전 펜클럽이사장

신세훈 전 문협이사장

고 김정웅 시인

양창국 지구문학 회장

윤수아 시인

지구문학작가회의 가을시화전

▌때 : 2013년 10월 1일(화)~31일(목)　　▌곳 :

회고와 감사

세월은 날아가 또 한해의 노을을 만들었습니다.

역사의 뒤안길로 사라져 가는 해를 그 누구도 붙잡을 수가 없습니다.

흐르는 時間은 한 치의 오차도 없이 자기의 길을 묵묵히 걷고 있지만 그 時間 속에 사는 인생은 놓쳐 버린 時間에 대한 후회와 아쉬움으로 몸살을 앓을 때가 많이 있습니다.

조용히 한해를 돌이켜보며 진지한 성찰로 각성을 가져야 할 것입니다.

그동안 문인으로서 얼마나 성숙해 있는가.

인격은 얼마나 성장했는가.

얼마나 보람 있는 한 해를 살았는가를…….

망망한 대해보다 더 광대한 하늘에 높이 떠 있는 지구는 오늘도 스스로 돌며 태양의 주위를 돌아갑니다. 우리 지구문학작가회의도 각자의 일로 분주히 돌며 문학의 고지를 향해 발걸음을 늦추지 않았기에 제 12호 사화집을 발간하게 됨을 기쁘게 생각합니다.

모든 것이 지구문학작가회의 여러분의 피와 땀과 눈물의 고뇌가 담긴 결실이라고 생각합니다.

창조적인 피의 글로써 위대한 문학작품의 업적을 남기는 것은 매우 중요합니다. 그러나 "문인이 되기에 앞서 인격을 갖추라" 라는 말이 있습니다.

그 사람의 내면이 곧 그 사람의 얼굴입니다.

만나면 만날수록 그 사람의 향기와 매력이 느껴지는 내면의 아름다움을 지니는 사람이야말로 세상을 아름답게 할 것입니다.

혹여 남에게 따뜻한 배려와 관용, 베풀 줄 모르는 사람은 한두 번은 대하나 모

지구문학작가회의 회장 신 인 호

두가 떠나게 되므로 고독한 인생을 살게 되는 것입니다.

옛말에 "춘풍접인春風接人 화기만면火氣滿面"이라 하듯 봄바람처럼 훈훈한 마음으로 사람을 대하고 얼굴에는 화평한 표정이 충만하고 안도감 신뢰감 친화감을 주는 문인이라면 얼마나 멋있을까 생각해 봅니다.

또한 성취가 없는 삶은 무의미하다고 생각합니다.

쉬지 않고 흐르는 강물만이 대해를 이루듯 문학의 경지에 도달하는 것은 백련천마百鍊天磨의 산물이기 때문에 피나는 노력 없는 성취는 없을 것입니다.

神은 인간에게 놀라운 무기와 방법을 주셨습니다.

인간처럼 풍성하고 다채롭고 오묘한 표현력을 가진 자가 없을 것입니다.

열정 어린 글로써 업적을 남겨 빛내면 더욱 좋으나 그렇지 못한다 하더라도 노력의 산물로 얻어진 자기만의 성취감 또한 보람 있고 의미 있는 삶이 될 것입니다.

저는 지구문학작가회의 회장직을 망설이며 맡게 되어 어느새 4년이란 세월이 흘렀습니다. 나름대로 성의를 다하고자 했으나 해 놓은 일 없이 많은 것을 느끼고 얻고 돌아갑니다.

조용히 지난 4년을 회고해 봅니다.

소박하고 진지하고 품위와 열정이 있으신 여러분들과 함께 했던 날들을 결코 잊지 못할 것입니다.

시와 산문 낭송회 날이면 반가운 모습, 좋은 글을 만난다는 설렘으로 달려가곤 한 적이 많습니다. 만남 속에 인생의 감격이 있고 인생의 희열이 있고 삶에 보람을 느끼곤 하였습니다.

지금은 혼돈의 시대요, 국가적으로도 불안한 때이지만 잠시 모든 것을 잊고 초연한 자리에서 낭송을 들으며 깊이 음미하고 화사한 얼굴로 정감을 나누던

문학의 밤, 그 2부 순서의 노랫가락의 흥겨움으로 나날이 익어가던 문우들의 정과 결속 더욱 아름다웠습니다.

문학기행으로 분홍빛 봄, 강화도 역사의 유적지를 돌 때 환하게 반겨주던 벚꽃의 미소가 지금도 다가옵니다.

동백꽃이 피어 있는 전라도 선운사의 풍경소리 들으며 상사화를 찾아보던 일, 가을이 내려앉은 강원도 길을 달리며 어느 시인의 문화 공간을 찾아 밤을 새며 나눈 이야기가 계곡물 따라 흘러갔지만 운치 있는 멋들어진 소나무는 우리들의 이야기를 간직하고 묵묵히 서 있을 것입니다.

애련한 조선 여류작가 허난설헌의 생가를 찾으며 그분의 숨결이 경포대의 솔바람 소리로 지금도 불어오며, 소박하고 평화로운 당진의 도장 박물관, 강원도 홍천 남궁억 선생님의 발자취가 생생하게 걸어오는 것 같습니다.

시화전을 생각지 않을 수 없습니다.

단풍이 꽃보다 더 아름다운 가을 정성 어린 작품을 지하철에서 깨뜨리면서까지 들고 와 걸어놓고 감상하며 흐뭇해 하던 순간 순간을 잊을 수가 없습니다.

이처럼 소중한 지구문학의 4년의 일과 추억들을 간직할 수 있었던 것은 여러분들의 협조와 아낌없는 사랑의 힘이 아니면 불가능했을 것입니다. 뜨거운 마음으로 감사드리며 저는 이제 돌아가나 새로운 회장님을 만나 저 있을 때보다도 더 많은 지구문학 발전을 위해 노력해 주시기 바랍니다.

사화집 발간에 주옥 같은 글을 보내주신 여러분께 또한 감사를 드립니다.

그동안 어려움 속에서도 꿋꿋이 지구문학을 발간해 오신 김시원 선생님, 여러 모로 도움을 주신 김정오 교수님, 양창국 회장님, 함홍근 선생님 외 고문님들, 역대 회장님들, 부회장님들, 이사님들, 그 외 지구문학 가족 여러분들, 특히 실무를 담당하는 신민수 시인님께 감사를 드립니다.

추위에 항상 건강하시고 밝아오는 새해에 행복한 일들 많으시길 비는 마음 한이 없습니다.

2013년 12월

지구문학작가회의
사화집

지구문학작가회의 편

2013년 | 제12집

지구문학

진동규 _ 지구문학 대표

첫눈 외1편

꽃잎 떠난 자리
꽃으로 되오는 춤

꼭 쥔 애기 손
힘겹게 펴는
손가락 하나, 손가락 둘
꽃봉오리 열리던 음계로
하늘창을 열어 보여주는
첫눈

아가 손바닥을
자박자박 내리는
하늘길은
쑥부쟁이 꽃빛
그대 오시는

주름비단

딴짓하고 오는 비가 모과나무 등걸에 무단히 투정이다

'툭하고 떨어지는 한 소리가 있지'

  돌아가신 작촌 시인께서 창가에 심어보라며 모갯덩어리 어렵게 싹
을 내어 주신 나무다 끈적한 투정쯤 받아낼 만큼 자랐다 모갯덩어리
향이 깊어 젖은 모과나무 등걸이 비단주름보다 곱다

  봄비 휘감고 모개나무 오늘은 낭자한 낭자한 길 나서고 싶은가 보
다

마루타 731부대에서의 분노

김정오 _ 고문

731부대와 이시이 시로와 마루타

만주의 하얼빈에서 남쪽으로 얼마쯤 가면 옛 일본군 731부대가 있다. 일왕의 칙령으로 만든 이 부대는 그의 막내 동생 미카사 중위도 한때 이곳에서 복무했다. 처음에는 '관동군 방역급수부대'라 했다가 몇 가지 이름을 거쳐 1941년부터 731부대라 했다. 이 부대는 1935년부터 2년 동안 부대 사령관이기도 한 이시이 시로[石井四郎]가 앞장서 만들었다. 이시이 시로는 군의관 출신 육군 중장이다. 지바현에서(1892년 6월 25일~1959년 10월 9일) 태어나 도쿄제국대학 의학부를 수석으로 졸업하고 세균학 및 위생 병리학 연구로 세균학박사 학위를 받았다. 1921년에 육군 군의관이 되어 1931년에 소좌로 진급했다. 야심이 크고 마음먹은 일은 반드시 해내겠다는 사람이다. 예산을 따내기 위해 소변과 오수를 여과시킨 물을 마시기도 했던 인물이다. 대학총장의 딸과 결혼하고 군장학금으로 유럽에 유학, 생물학을 연구했다. 그 후 뇌막염 치료약인 수막(water filter)을 만들고 박테리아학 연구소장이 되었다.

1931년 만주를 빼앗은 일본은 이

김정오 _ 수필가, 문학평론가, 숭실대에서 박사학위 받음, 중국연변대학교 객원교수, 러시아 국립극동연방대학교 교환교수 역임, 현재 위 대학교 종신연구교수. 숭실대학교 평생교육 연구소 연구교수, 한겨레역사문학연구원 원장, 한국문인협회 이사(역), 국제 펜클럽한국본부 이사(역), 한국일보 수필공모 심사위원장(역), 한일문화대상심사위원장, 안중근의사기념관 홍보대사, 『지구문학』 편집인, 대한민국 문화예술대상 수상 외 여러 문학상 수상. 수필집 《빈 가슴을 적시는 단비처럼》, 《그 깊은 한의 강물이여》, 《양처기질 악처기질》, 《한이여 천년의 한이여》, 《지금 우리는 어디쯤 와 있는가?》, 《아름다운 삶을 위하여》 《푸른솔 이야기》 외 논저 및 평론 다수.

듬해 8월 도쿄의 세균연구기지를 하얼빈으로 옮겼다. '이시이'는 그때 은사 기요노 켄지(淸野謙次)의 도움으로 중국으로 갔다. 그는 그곳에서 1925년 제네바협정에 의해 국제법으로 엄격히 막고 있는 세균병기를 연구했다. 당시 중국 대륙을 거의 다 빼앗은 일본군은 1935년에 실험장을 하얼빈시 남쪽으로 옮기었다. 그때 부대 가까이 있던 8개 마을 사람들은 모조리 땅을 빼앗겼다. 그리고 수만 명을 강제로 끌어다가 731부대를 만들었다. 이때부터 이곳은 '인간 도살장'이 되었다.

공정이 진행되는 동안 많은 노동자들이 목숨을 잃었다. 공정이 끝날 무렵에는 살아남은 인부들까지 모조리 죽이고 말았다. 그리고 이곳 감옥에다 중국인들을 비롯해서 아시아 여러 나라를 비롯해서 러시아인, 백인들까지 반일 정치범이라는 이름으로 가두었다. 그리고 1936년부터 1945년까지 해마다 수백 명이 넘는 수감자들을 생체실험으로 수천 명이나 학살했다.

그렇게 해서 만든 인체 표본은 머리, 다리, 내장 등으로 나누어 시체보관용 특수 유리병에 담아 진열했다. 이렇게 희생된 사람들을 마루타(丸太-통나무)라 한다. 이시이시로는

이런 일을 하면서 1940년 당시 연간 예산 1,000만엔(현재 약 100억엔)을 감사 없이 쓰면서 호화 저택에서 살았다.

생체 실험당한 마루타들의 참상

마루타들을 잡아올 때는 기차와 특수 자동차를 이용했다. 사람들의 눈을 피해 일본 군복을 입혔고, 도착 후 두 개의 특별 감옥에 가두고 생체실험 재료로 썼다. 생체실험은 세균실험, 해부실험, 냉동실험, 원심분리실험 및 진공실험, 신경실험, 총기관통실험, 가스실험 등 많은 종류가 있다. 굶어 죽을 때까지 물과 음식을 주지 않고 지켜보는 실험, 지하 감옥에 가둔 사람들에게 콜레라, 페스트균이 든 음료수, 만두, 과일을 먹인 후 전염병의 진행과정을 지켜보는 실험, 이 때 대상자들이 눈치를 채자 강제로 묶어 놓고 약을 먹여 죽이는 실험도 했다.

또 마을에 단 하나 밖에 없는 우물에 세균을 집어넣어 전염병으로 수많은 사람들을 죽게 했다. 또 세균을 주사한 뒤 배설물 반응을 보는 실험, 피부를 벗기고 세균을 집어넣는 실험, 목을 천장에 매달고 숨이 끊어질 때까지 시간을 재는 실험, 동맥에 공기를 넣고 혈관이 막히는 과정을 보

는 색전진행 실험, 마취도 없이 임산부를 낙태시키면서 수직으로 배를 갈라 척수를 보는 실험, 자궁에 구더기를 집어넣고 태아를 갉아먹는 과정을 보는 실험, 여자의 질 안에 매독균을 집어넣고 발병 과정을 보는 실험, 또 매독, 임질 보균자에게 강간을 시켜 성병에 감염되는 실험, 아시아인과 백인을 강제로 교배시키는 실험, 바닷물로 생리식염수를 대치할 수 있는지를 알아보기 위해 혈관에 바닷물 주사를 했으며, 말의 소변을 신장에 주사하는 실험, 혈관에 말과 원숭이의 피를 주사하는 실험을 했다.

훗날 이 부대에서 실험을 담당했던 고바야시의 고백에 의하면 사람의 정맥에 5cc의 공기를 넣으면 죽고, 말의 피 500그램을 주사해도 죽는다. 그리고 사람의 몸에 청산화물 20cc를 주사하면 주사기를 뽑는 즉시 죽는다고 했다. 후쿠오카 감옥에서 억울하게 옥사한 윤동주 시인과 그의 고종사촌 송몽규 작가도 그런 실험으로 희생되었다.

731부대에서 복무했던 사람이 말한 죄상 가운데 그 한 예를 본다. "30세쯤의 중국 남자를 발가벗겨 말뚝에 묶고 마취 없이 무서움에 질려 눈을 뻔히 뜨고 있는 그의 가슴에서 배쪽으로 칼을 내리그었다. 그는 엄청난 고통으로 소리 지르며 발버둥치다가 금방 축 늘어졌다. 며칠 전 주사기로 병균을 주입하고 그 변화를 알아보기 위해 그의 몸을 수직으로 반토막 낸 것이다."

또 사람의 팔다리를 기계에 넣어 가루로 만들고 불로 태우는 실험. 동상치료법을 알아내기 위해 알몸으로 영하 40도의 추위 속에 묶어두고, 꽁꽁 얼게 한 후 각기 다른 방법으로 녹이는 실험을 했다. 또 산 채로 냉동실에 넣고 죽어가는 과정을 지켜보았으며, 모닥불에 동상 걸린 사람의 팔다리를 넣고 죽어가는 모습을 지켜보았다.

그리고 영하 24~27도 초속 5m 센 바람 속에 얇은 옷만 입힌 체 들것 위에 눕히고 맨발에 젖은 신발, 젖은 장갑을 끼우고 술을 마셨을 때와 먹지 않은 상태에서 죽어가는 과정을 보았다. 그리고 냉수와 온수에 번갈아 몸을 담근 후 끓는 물에 집어넣는 실험도 했다.

그렇게 실험을 당한 사람들은 엄청난 고통 속에서 바로 죽든지 살이 썩고, 흰 뼈가 보일 때까지 몸부림치다가 죽어 가기도 했다. 또 동상 걸린 자리에 여러 약품을 발라 변해가는 과정을 지켜보았으며, 살아있는 사람을 원심분리기에 매달아 고속으로 돌리면서 눈, 귀, 코, 입, 성기, 항문으로 피가 나오는 과정을 지켜보았다.

또 수십 명을 한 줄로 세우고 맨 앞 사람의 가슴에 총을 쏴 관통 성능을 측정하였으며, 신무기 실험을 위해 꽉 막힌 방안에 빙 둘러 묶어 앉혀 놓고 한가운데 수류탄이나 소폭탄을 터뜨리는 실험도 했다. 또 사람들을 여러 방향의 다른 자리에 세우고 화염방사기를 뿜어내는 실험도 했다.

그리고 사람을 말뚝에 묶어놓고 세균방출폭탄, 화학무기 폭탄을 터뜨리는 실험을 하였다. 그리고 사방이 투명한 유리창으로 된 방안에 사람을 가두고 공기를 천천히 빼면서 눈알이 어느 정도의 압력을 받으면 튀어 나오는지를 알아보는 진공실험(압력)을 하였다. 또 앞의 실험과 똑같은 방안에 산 사람을 동여맨 채 밀차를 밀어 넣고 청산가스를 넣는 실험을 했다. 마루타는 묶인 채로 철관을 통해 나오는 독가스를 마시면서 맹수처럼 고함치며 몸부림치다가 입에서 흰 거품을 내뿜으며 두 눈을 부릅뜬 채 사지를 뻗고 목덜미가 꺾이면서 숨이 끊어진다.

또 부서진 전차 속에 사람을 가두고 화염방사기를 쏘아 그 성능을 측정하기도 했다. 그리고 화약을 얼굴에 붙이고 불을 질러 타들어 가는 과정을 지켜보았으며, 고압실에 사람을 넣고 죽을 때까지의 시간을 재보기도 했다. 피부가 썩어 들어가는 과정을 보기 위해 가스실에 넣고 다양한 화학 약품을 집어넣는 실험도 했다.

그리고 의무병과 간호원들에게도 사람들의 팔다리를 자르도록 하였다. 또 이시이시로는 대규모 세균전을 위해 그의 이름을 딴 세균폭탄 항아리를 만들었다. 그리고 중국 전역에서 수만 마리의 쥐를 잡아다 페스트균을 옮긴 후 풀어놓아 수많은 사람들을 죽게 했다.

또 세균에 감염된 환자들과 건강한 사람들을 한방에 가두고 감염과정을 지켜보았다. 그리고 병균을 옮기는 이를 얻기 위해 나이 많은 노동자들을 어두운 방에 가두고 철이 바뀌어도 옷을 갈아입히지 않고, 목욕도 시키지 않았다. 이렇게 해서 이가 생기면 전염병을 퍼 뜨리는 데 활용했다.

또 중국의 저장성, 장시성과 지린성 농안현과 취현, 낭보, 창더, 위산에 페스트균을 가진 벼룩 수만 마리를 비행기에서 뿌려 수많은 사람들을 죽게 했다. 심지어 하얼빈에서 62킬로 떨어진 당시 만주국의 수도 신장(지금의 신경)과 그 밖의 첸궈치와 정자툰에서까지 수많은 사람들이 죽어나갔다.

그것도 모자라 콜레라와 장티푸스균을 우물에 뿌려 20만 명이 넘는 중국인이 희생되기도 했다. 국제법으로 엄격히 막고 있는 세균전을 치룬 것이다. 1945년 초에는 미국 본토에 세균폭탄을 떨어뜨리는 밤 벚꽃이라는 암호명의 작전을 계획했다.

잠수함에 소형 항공기와 가미카제 조종사들을 태우고 미국의 캘리포니아에 페스트균에 감염된 벼룩을 뿌리는 작전이었다. 예정 날은 9월 22일이었으나 8월 15일 항복함으로써 뜻을 이루지 못했다.

패전 후의 전범들

일제는 1945년 봄부터 전쟁에서 진다는 것을 알았다. 그리하여 731부대의 죄상을 감추기 위해 8월 9일부터 13일까지 본부 건물을 뺀 나머지 건물들을 모두 폭파시켰다. 지금도 본부 건물 뒤에 그때 그 파졌던 웅덩이가 남아 있다.

그리고 수백 명의 수감자들을 독가스로 숨을 끊고 8개의 구덩이에 끌어다 휘발유를 뿌려 불태워 버렸다. 시체들은 그대로 묻기도 하고 마대에 담아 송화강에 던지기도 하였다. 그

리고 나머지 증거물들을 불태웠으며, 실험으로 얻은 극비자료는 이시이시로가 가지고 사위가 조종하는 비행기로 조선을 거쳐 일본으로 도망쳤다. 그들은 쫓기면서도 전염 병균에 감염된 쥐들을 풀어놓아 수많은 사람들이 목숨을 잃었다.

이시이시로를 비롯한 부대원들은 극비 문서를 미군에 넘기는 대신 천왕 히로히토와 함께 전범 재판을 받지 않았다. 미국은 자료를 받는 대가로 이들의 범죄를 눈감아 주었고, 전범수사 기록도 만들지 않았다. 오히려 이시이시로와 그의 부하들은 생물학자로서의 명예를 이어갔다. 이시이시로는 도쿄대학 학장까지 지냈으며 몇 사람은 동경도지사, 일본의 과협회장, 올림픽위원회 위원장까지 지냈다.

그러나 이시이시로 가까이 있던 일본 여인 기네코 준이치(金子順一) 소령에 의해 그 만행이 밝혀졌다. 그녀는 731부대에 관한 논문 6편과 세균실험의 자료를 바탕으로 그들의 만행을 온누리에 알렸다. 그 후 731부대의 한 장교가 일본의 한 대학에서 비밀문서를 찾아냈다. 이로써 그들의 죄악상은 더욱 낱낱이 알려졌다.

그 후 아사히신문에 이시이시로의 서명이 있는 문서 2권을 찾아냈다는

기사가 실렸다. 이 문서는 미국에서 살고 있는 언론인 아오키 후키코가 도쿄에서 이시이와 가까이 지내던 사람의 집에서 찾아냈다. 기록에는 731부대에서 3000명 이상을 산 채로 실험했다는 것과 이시이가 패전 후 연합군사령부(GHQ)에 자료를 넘기는 대신 전범으로 처벌 받지 않았다는 사실과 이시이시로의 수기가 찾아진 것은 처음 일이라는 내용이었다.

문서 겉 종이에 연필로 쓴 '1945-8-16 전쟁이 끝날 당시의 기록 1946-1-11 이시이시로' 라고 적혀 있었다. 이시이는 "미국인에게 빼앗기면 안 된다"고 하면서 문서를 맡겼으나 1959년 후두암으로 죽을 때까지 찾아가지 않았다고 한다.

약어나 은어로 쓴 글을 아오키 씨가 미국공문서관의 사료 등을 참고해 밝혀냈다. 거기에는 생체실험 관련시설의 폭파와 불태움, 그리고 자신의 귀국 경로 등이 적혀 있었다. 1945년 기록에는 소련 참전으로 같은 해 8월 9일 만주가 함락되자 도쿄로부터 모든 증거물들을 없애버리라는 명령을 받았다고 쓰여 있었다. 또 군사령관이 신경(장춘)까지 와서 같은 명령을 내렸다고도 했다.

이시이는 이 문서에 "추출지입持入", "반출적입積入"이라고 적고 있어 명령을 받고 바로 자료를 빼돌린 것으로 보고 있다.

1988년 정현웅의 장편소설 《마루타》(도서출판 다나) 5권이 나왔다. 이 책에서 그는 이시이시로 중장 등의 731부대 실재 인물들의 만행을 소설로 형상화 했다. 중국 정부는 용서할 수 없는 일본의 만행을 잊지 않기 위해, 2001년 3월부터 731 부대의 옛 시설을 만들어 처절했던 장면을 그대로 보여주고 있다.

유네스코 세계문화유산 등록도 앞두고 있다. 731부대 현장에는 날마다 수많은 사람들이 찾아와 일제의 만행에 치를 떨고 있다. 우리가 이곳을 찾았을 때에도 대학생들과 군인들이 끔찍했던 장면들을 둘러보고 있었다. 방문객 가운데는 서양 사람들도 있었다. 한 대학생은 주먹을 불끈 쥐면서 일본의 만행을 용서할 수 없다고 분노를 터뜨리었다.

그런데도 일본은 사죄는커녕 큰소리만 치고 있다. 일본이 저지른 끔찍한 범죄는 하늘이 결코 용서치 않을 것이다.

산심山深, 야심夜深, 객수심客愁深

김시원 _ 지구문학 발행인

먹을 갈면서, 그 농도를 기다리는 마음에 문득 한시漢詩 한 구절이 생각난다.

'산심야심객수심' 山深夜深客愁深

아무도 없는 방안에서 텅 빈 마음으로 먹을 갈고 갈면, 그 먹물빛이 어쩌면 첩첩산중으로 깊어지는 것 같다. 벼루 윗목에 고인 먹물을 고루 섞어가며 힘 빼어 슬슬 먹을 갈면, 마치 깊은 계곡으로 들어서는 기분이다.

8월의 아침!

투명한 유리창을 뚫고 찾아든 햇살이 먹물 위에 부서지면, 갈고 있던 먹을 잠시 멈춰본다. 새까만 먹물은 금시에 번뜩이는 면경이 되어서 내 얼굴을 은은하게 비쳐준다.

김삿갓이 가난한 집에서 묽은 죽 한 그릇을 받아 들고도 오히려 그 죽

그릇에 거꾸로 어리는 산그림자를 사랑하노라고 시 한 수를 읊던 그런 심정은 아니지만, 어쨌든 수은水銀빛 저 면경 너머에는 얼마나 우뚝한 산맥들이 뻗어 있을까?

저 면경 너머에는 얼마나 험난한 준령과 좋은 산세山勢로 펼쳐 있을까?

좌청룡·우백호·전주작·후현무로 굽이굽이 서리고 있지나 않을는지……

책상 위의 원형 회전 붓걸이에 걸려 있는 붓다발에서 갑자기 솔바람 소리라도 들리는 듯한 착각이 일어났다.

세필細筆을 쓰는 가장 어린 붓털에서는 가녀린 숨소리가 들리는 듯 풀잎 소리로 사비약거리고, 갈대꽃 만한 중필中筆에서는 갈대 바람 소리로

서걱이다가, 대필大筆에서는 황작목 솔바람소리로 사운대는 것 같다.

　나는 깊은 상념想念의 나래를 달고 다시 먹을 갈기 시작한다.

　붓걸이 붓다발에서 부는 바람 소리와, 벼루에서 이는 물소리에 수물수물 빠져든 나는, 얼마나 깊은 산 속에 표류되어 있는지? 마치 실신상태에 접어들고 있는 것 같다.

　진하디 진한 먹물빛은 점점 나를 깊은 산속으로 끌고 들어가고 있다.

　찰싹찰싹 갈아대는 먹물빛은 이랑이랑거리는 깊은 산 속으로 산 속으로 깊어만 가고 있는데, 옛날 그 시절이 떠오른다.

　한창 사춘기에 내가 찾아갔던 선운사禪雲寺 도솔암이 맑은 개울 소리와 함께 눈 앞에 펼쳐진다.

　도솔암은 국내 어느 것에 비하여도 조금도 뒤지지 않는 절세심경이다.

　명승지는 산심山深에서만이 큰 아우성으로 일어서는 것이나 아닐는지?

　깊은 바다에서라야 큰 배가 뜰 수 있듯이, 깊은 산속에서만이 절경이 탄생되는 것이라고 여겨진다.

　도솔암은 많은 전설과 신비의 세계가 무지개빛으로 도사리고 있는 곳이다. 암자의 역사는 말할 것도 없고, 우선 '천질바위', '용문암' 등의 숨결은 산심山深에서 이뤄진 결과들이

다. 도솔암의 밤은, 계곡의 솔바람 소리에 울먹이고 있었다.

　도솔암의 달빛은 푸른 물빛으로 산심山深을 헤아리고 있었다.

　월명사月明師가 달밤에 사천왕사四川王寺로 가는 명월리明月里길을 걸으면서 피리를 불어댔던 것도 산심山深의 정서를 불러일으켰던 것이 아니던가.

　지금 내가 갈고 있는 먹물빛의 농도는 산심山深을 넘어서 야심夜深으로 가라앉아 가고 있는 듯싶었다.

　먹물빛은 칠흑 같은 밤의 장막으로 소록소록 서리고 있다.

　갈아놓은 먹물의 농도가 자정을 넘은 깊은 밤으로 빠져드는 것만 같다.

　먹물빛은 밤의 통로로 열리고 있다. 도솔암의 밤은 깊을수록 바다 저 밑바닥으로 가라앉아가는 것 같았다. 도솔암의 밤은 민가民家를 멀리하면 할수록 그 쓸쓸함이 더욱 가슴을 애절하게 하고 있었다.

　대낮같이 밝은 8월의 달밤은 뼛속까지 파고들고 있었다. 밤의 깊이는 나무 속에도 바위 속에도 사정없이 파고들었다. 달빛은 밤의 벌레들을 구슬프게 울렸고, 그 울음 소리는 밤의 깊이를 은실로 뽑아 풀어 놓았다.

　달빛이 야심夜深을 퍼내고 있는지, 야심夜深이 달빛을 퍼붓고 있는지 나는 눈을 감아도 눈을 떠도 모를 일이

었다.

내가 갈아놓은 먹빛 농담濃淡은 끝도 없는 깊은 밤을 끌어다놓고, 그 때의 도솔암의 깊은 밤으로 빠지게 하고 있다.

이토록 야심夜深에 빠져든 내 마음은, 나도 몰래 풀잎에 매달리는 밤이슬처럼 달빛에 젖어들고 싶었다.

도솔암의 추녀끝 풍경 소리는 이승과 저승을 초월한 어느 환상의 세계로 내 등어리를 밀어넣다가, 어느새 솔바람 소리는 뒤도 돌아보지 않고 앞산 준령을 넘고 있었다.

나는 객수客愁 바닥에 내던져진 채 찢긴 가슴에서 달빛에 차가운 피가 뭉클하는 것 같더니, 그때 소쩍새는 도솔산을 서럽게 울리고 있었다.

산이 깊어서 밤이 깊어가는지, 밤이 깊어서 나그네의 마음이 외로운지 알 수 없는 몸부림이었다.

도솔산은 산중산山中山으로 천년千年을 하루같이 깊어 왔고, 도솔암은 끝없는 밤의 깊이를 자로 재고 있는데, 어찌 나그네인들 무량無量의 애수哀愁에 신음하지 않을 수 있겠는가.

누가 나에게 그 무슨 부질없는 생각들이냐고 한다 해도, 아니 다시 갓을 쓰고 사는 시대의 사고방식이라고 비아냥거린다 해도, 나는 박연암朴燕巖의 허생許生처럼 금방 제주도로 달려가 '말촉'을 모조리 사재기할 오늘의 복부인들 눈으로는 돌아가지 않을 것이다.

'산심야심객수심' 은 오직 이 붓 끝에 있음을 발견하게 되는 것이나 아닐는지?

어느 한 해

양창국 _ 자문위원

1.

기분이 붕 뜬 외손자 창석이 할아버지 2층이야, 하며 내 손을 탁 잡았다. 내가 외손자의 손을 맞잡자, 외손자가 나를 살짝 올려다보며 상큼 웃었다. 나는 눈을 끔벅해 주고 손아귀에 폭 안기는 꼬마 손의 보드라운 감촉을 즐기며 외손자가 이끄는 대로 쇼핑몰의 인파를 뚫고 나갔다.

"할아버지. 나 사고 싶은 거 사도 돼요?"

손녀 보람이 내 빈손을 잡으며 나를 빤히 올려다보며 애교를 부렸다.

"그럼, 어린이 날 선물인데. 사고 싶은 거 다 사라."

창석과 보람은 초등학교 1학년이다. 손녀 보람이 외손자 창석보다 아홉 달 먼저 태어났다. 할아버지가 어린이날에 손자들에게 장난감을 선물로 사주려고 대형 쇼핑몰에 데리고 왔다.

손자들에게 이끌려 에스컬레이터를 타고 2층에 올라서자 'WELCOME TO KIDS PARK' 라는 간판이 내 눈앞을 가렸다. 나는 장난감을 파는 가게 입구에 걸린 영문 간판을 보며, 어린이 장난감 가게에 웬 영어, 하며 이맛살을 찌푸렸다.

회전문을 밀고 가게 안에 들어서자 트럭 진열대가 나왔다. 진열대 맨 위에 plarail이라는 패널이 걸려 있었다. 나는 그 뜻을 몰라 고개를 갸웃했다. 코너를 돌자 CARARAMA라는 영문 간판 아래 다양한 종류의 자동차가 진열되어 있었다. 창석과 보람은 트럭이나 자동차는 거들떠보지도 않고 가게 안쪽으로 들어갔다. 나는 창석을 따라갔다. 창석은 TRANSFORMERS라는 간판이 걸린 진열대 앞에 섰다. 영화 트랜스포머에 등장했던 옵티머스, 범블비 등 로봇들이 진열되어 있었다. 크기는 한 뼘 정도로 가격은 1만 원대에서 8만 원대였다. 창석은 범블비를 내려서 만져보다가 옵티머스를 내려서 만져보다가 했다.

"맘에 들면 두 개 다 사라."

나는 두 개를 다 사도 큰돈이 들 것 같지 않아 인심을 썼다.

창석은 대답도 않고 다음 칸으로 가서 엄지손가락 크기의 포켓몬스터를 만져보다가 진열대에 올려놓고 ROBOTS DISGUISE 코너로 갔다. 나는 disguise는 변장이나 위장이란 뜻인데, 어린이 장난감에 왜 저런 어려운 영어를 썼지, 하며, 너 골랐으면 신호해, 하고 외손자에게 말하고 손녀에게 갔다.

보람은 RABIT 코너 옆의 차밍걸스 코너에서 인형을 고르고 있었다.

"아직 맘에 든 것 못 골랐니?"

"찾고 있어요. 비싼 거 사도 돼요?"

보람이 나를 올려다보며 말했다.

"그래. 일 년에 한 번 뿐인 어린이 날 선물인데 니 맘에 드는 거 사라."

나는 선선히 대답했다.

보람은 나를 힐끗 쳐다보고 보글보글 소꿉놀이 코너로 갔다. 플라스틱으로 성형한 크고 작은 주방 용기들이 진열되어 있었다. 보람의 반키만큼 큰 주방 세트는 3십만 원이 훌쩍 넘었다. 택배로 붙여준다고 쓰여 있다. 나는 예상보다 훨씬 센 장난감의 가격표를 보며 오늘 단단히 쓰겠네, 했다. 보람은 코너를 왔다 갔다 하며 어떤 것을 사달라고 할지 쉽게 고르지 못했다.

"맘에 든 거 골라봐. 창석이 골랐나 보고 올게."

나는 손녀가 좀 싼 것을 골랐으면, 하는 심정을 감추며 자리를 떴다.

창석은 아직도 이 코너 저 코너를 왔다 갔다 하며 기웃거렸다. 반 시간이 넘도록 장난감을 고르는 손자들을 따라다니느라 나는 지루하고 다리도 아팠다.

"저기 레고 있더라. 레고 살래?"

나는 외손자가 빨리 장난감을 고르도록 유도했다.

"아니. 범블비 사려는데 티브이에서 본 것이 없어."

"저기 특선 전시 코너에도 있던데 봤니?"

"그거? 그건 좀 맘에 드는데. 그렇게 비싼 거 사도 돼?"

"그럼 사도 돼지."

창석은 신이 나서 뒤뚱거리며 특선 진열대로 갔다.

BUMBLEBEE는 89,900원, JET WING OPTIMUS PRIME은 149,000원이었다. 로봇은 두 뼘만큼 컸다.

"범블비 살 거야, 아님 옵티머스 살 거야?"

나는 은근히 한 가지만 고르도록 유도했다.

창석은 내 눈치를 보며 한참을 망설이다가 범블비를 골랐다. 나는 외손자가 비싼 옵티머스를 고르지 않자 마음이 가벼워졌다. 나는 범블비가 든 상자를 진열대에서 꺼내 창석에게 안겼다. 창석은 가슴에 가득 안기는 상자를 받아들고 코를 벌씬했다. 흥분하여 얼굴이 붉어졌다. 비척거렸다. 외손자가 좋아하는 모습을 보며 나도 기분이 좋았다.

"누나 아직도 못 골랐어? 빨리 집에 가서 조립해 봐야 하는데."

장남감이 든 상자를 주체하지 못하고 뒤뚱거리며 나를 따라온 창석이 아직도 장난감을 고르는 누나를 나무랐다.

보람은 두 손바닥을 마주 비비며 쿠킹센터를 요리저리 쳐다봤다. 쿠킹센터는 식기 세척기, 전자레인지, 솥, 프라이팬, 식기류 등 주방기구와 여자 인형이 한 세트였다. 정가는 138,000원이었다. 보람이 내 눈치를 살폈다.

"그거 맘에 들면 사라."

나는 진열대에서 크기가 한 발이나 되는 큰 상자를 내렸다.

"누나는 그렇게 비싼 거 살 거야?"

창석이 이의를 달았다.

"넌 범블비 샀네."

보람이 반격했다.

"이건 십만 원도 안 되는데."

나는 손녀의 눈치를 힐끗 보고 쿠킹세트가 든 상자를 들고 계산대로 갔다.

카드로 대금을 지불했다. 손자들은 빼앗다시피 자기가 고른 장난감이 든 상자를 챙겼다. 상자가 눈앞을 가려 손자들이 비틀거리며 걸었다. 내가 들어주겠다고 하였으나, 손자들은 악착같이 자기 것을 들고 가겠다고 했다. 나는 선물을 안고 가는 손자들의 들뜬 표정을 보며, 돈 쓰는 재미에 기분이 흐뭇했다. 행복했다.

"우리 저녁 먹고 가자."

나는 손자들에게 맛있는 저녁까지 사주며 돈을 더 쓰고 싶었다.

"아니, 지금 집에 가야 해. 가서 맞춰 봐야 해."

창석이 고개를 살래살래 흔들었다.

"벌써 여섯시 됐다. 할아버지 배고프시겠다. 짜장면 사줘요."

보람이 사촌 남동생을 흘겨보며 말했다.

"바로 집에 가야 하는데….'

창석이 보챘다.

"니 선물 아무도 안 뺏는다. 짜장면 먹고 가자."

내가 앞장섰다.

나는 식당가에 있는 중국집에서 탕수육과 짜장면을 시켰다. 장난감을 당장 조립해야 한다며 집에 가자고 보채던 창석도 맛있게 요리를 먹었다.

"가을하늘 공활한데 맑고 구름 없이, 다음이 뭔지 알아?"

창석이 탕수육을 한 점 입에 넣고 씹으며 보람에게 물었다.

"누가 그것도 모를 줄 알아?"

보람이 톡 쐈다.

"할아버지. 나 애국가 1절에서 4절까지 외워서 쓰는 거 금상 먹었다. 만원 줘야 해."

창석이 자랑했다.

나는 손자들이 시험을 치고 100점을 받으면 천 원씩을 주고 있다.

"왜 천 원 아니고 만 원이냐?"

"금상은 백점보다 높다."

"그래? 그럼 이천 원 줄까?"

"에이, 할아버지 돈 많잖아?"

"할아버지 나도 금상 먹었어. 만 원은 너무….'

보람이 사촌동생을 흘겨보며 말했다.

"에이, 누나 땜에 돈 못 벌겠네."

창석이 투덜댔다.

"너희들이 동해물과 백두산이를 4절까지 다 안다고?"
나는 어린 손자들의 다툼을 못들은 척하고 끼어들었다.
"할아버지, 동해물과 백두산이 아니라 애국가야."
창석이 고쳐줬다.
"동해물과 백두산이 아니고 애국가라고?"
나는 애국가를 4절까지 다 외운다고 자랑하는 손자들이 너무나 귀여웠다.
"그래, 금상은 만 원 준다."
나는 장한 손자들을 위해 돈을 쓰는 것이 전혀 아깝지 않았다.
할아버지와 손자들이 애국가를 1절에서 4절까지 돌아가면서 외우고 있을 때 이동전화에서 노래가 울렸다. 아내의 이름이 떴다.
"장난감 사고 중국집에서 저녁 먹고 있어."
내가 현황을 자랑스럽게 아내에게 말했다.
아내는 남의 말을 하듯 어머니가 돌아가셨어, 했다.
"어머니가 돌아가시다니? 며칠은 더 살아계실 거 같다며 당신 집에 왔잖아?"
"산소호흡기 띠고 잘 버티셔서 며칠 더 사실 것 같다고 했는데 갑자기 돌아가셨데. 나 지금 병원 가는 중이야."
"그래? 나 애들 데려다 주고 바로 갈게."
장모님은 95세시다. 80대 초반에 자식들이 양로원에 모시려 했으나, 장모님은 집에서 죽겠다며 악착같이 양로원 입소를 거부했다. 큰 처남이 가족회의를 소집했다. 세 아들과 세 딸이 한 음식점에 모였다. 며느리와 사위들도 다 불렀다.
큰 처남이 어머님을 지금처럼 내가 죽 모실 거니, 너희들은 간병인 비용으로 매월 50만원씩을 대라고 했다. 어머님이 돌아가시면 어머님 앞으로 되어 있는 재산을 팔아 어머니를 계속 모시고 있는 내가 1/3을 갖고, 나머지는 다섯 동생들에게 균분해 주겠다고 했다. 어머니가 기껏 2, 3년 더 사실 걸로 예상한 동생들은 재산을 팔아 돌아올 지분을 계산하며 큰 처남의 제의를, 잠시 분배 지분 문제로 토닥거리다가 받아들였다.
장모님은 그 때부터 10년도 더 사셨다. 무리하며 분담금을 내던 손아래 처남은 돌아올 유산을 포기하고 분담금 납부를 면제받았다. 현직에서 물러난 나는 부동산 임대 소득과, 금융 소득이 있어 큰 부담 없이 10년이 넘도록 분담금을 꼬박 다 냈다.

"할아버지, 누가 돌아가셨어요?"

젓가락으로 면발을 돌돌 말며 보람이 물었다.

"논현동 할머니가 돌아가셨다."

내 손녀와 외손자에게 장모님은 증조할머니시나, 그냥 큰 처남이 사는 동네 이름을 따서 논현동 할머니로 부르도록 했다.

"논현동 할머니가 죽었어? 그럼 내년에는 세배 돈 못 받겠네."

창석이 짜장면 면발을 쪽 빨아 당기며 말했다.

나는 외손자가 내지르는 말에 억, 했다. 딸네와 식당에 가면 창석은 외할아버지가 돈을 내야 한다며 아빠가 돈 내는 것을 막았다. 나는 아빠의 돈을 아끼려고 하는 외손자가 기특했지만, 외손자의 영악한 셈법에 이맛살을 찌푸리곤 했다.

"논현동 할머니가 돌아가셨는데 세뱃돈이 뭐야?"

보람이 누나답게 꾸짖었다. 창석은 혀를 죽 뺐다 쏙 집어넣었다. 나는 무거운 기분으로 손자들을 재촉하여 식당을 나섰다.

2.

주말 오후, 아들과 딸들 가족이 실버타운으로 쳐들어와서 왁자지껄 떠들며 북새통을 떨다가 저녁을 먹자마자 바로 자가용을 몰고 썰물같이 떠나갔다.

현관까지 배웅을 나온 나는 기지개를 켜며 여름 하늘에 촘촘히 박혀 있는 별들을 올려다보았다. 서울 하늘에서는 볼 수 없는 환상적인 풍경이다.

"정말 공기 꿀맛이다. 10년은 더 살겠는데…."

나는 서늘한 밤공기에 노출된 팔을 문지르는 아내에게 말했다.

"그렇게 오래 살다가 애들한테 눈칫밥 먹는다."

"눈칫밥은, 물려줄 만큼 물려줬는데."

"당신 그 약발이 얼마나 갈 거 같아?"

"당신 또 그 소리. 우리 아들딸들이 얼마나 착하고 효심이 깊은데."

"당신 말이 맞아야 할 텐데…."

아내는 더 이상 다투기 싫은지 말꼬리를 내렸다. 나는 여자 속은 밴댕이 속, 하고 속으로 투덜댔다.

우리 부부는 재산을 정리하고 실버타운으로 이주했다.

아무도 슬퍼하지 않는 장모님 초상을 치루고 나자, 상을 치르며 무리를 했는지 으스스 몸살감기가 왔다.

나는 그냥 푹 쉬고 싶었으나, 친구들과 선약을 깨기 싫어 점심 자리에 나갔다. 억지로 막걸리를 두어 잔 마셨다. 친구들은 식사가 끝났는데도 이야기를 놓지 못해 자리에서 일어설 줄을 몰랐다. 나는 먼저 빠져 나오기가 뭐해 두 시간이나 옛날이야기와 병치레 사연을 들으며 자리를 지켰다. 몸이 지칠 대로 지쳤다.

나는 친구들과 헤어진 후 점심 장소와 가까운 곳이 있는 대치동 상가까지 걸어가서 내 가게에 들렀다. 안경점을 하는 임대인은 반 년째 임대료를 내지 않고 있다. 임대인은 불경기로 장사가 안 된다며 죽는 시늉을 하며, 밀린 임대료를 언제 주겠다는 말도 없이 배 째라는 식으로 나왔다. 내가 그럼 소송으로 가야겠다고 엄포를 놓자, 임대인은 힘없는 놈 별 수 없지요, 하며 할 테면 해 보라는 식으로 나왔다.

나는 임대인의 싸가지 없는 응대에 화가 났다. 나는 지그시 화를 누르며 임대료를 못 낼 것 같으면 그만 가게를 비우라고 했다. 임대인은 아직 임대기간이 몇 달 남았으니 미리 내보내려면 복덕비와 이사비용을 물어주라고 했다. 나는 임대인의 따귀라도 갈겨주고 싶었으나, 감정을 누르며, 임대료를 내던지 가게를 비우라고 통보하고 가게를 나왔다. 나는 민사소송은 너무나 시간이 걸려 할 수 없고, 별 수 없이 이사비용을 물어주며 제발 나가주십시오, 하고 사정을 해야 하나, 하며 심란하고 더러운 기분으로 전철을 타러 갔다.

나는 전철역 입구에서 신림동 원룸 아파트 관리인의 전화를 받았다. 보증금을 다 까먹고 두 달째 월세를 안내고 버티던 한 입주자가 감쪽같이 도망쳤단다. 관리인이 화장실에 간 사이에 도망쳤단다. 나는 바로 가보겠다고 했다. 대치동에서 신림동을 가려면 전철을 갈아타야 한다. 택시를 탈까, 하다가 택시비가 아까워서 공짜인 전철을 탔다. 원룸 관리인은 계속 손을 비비며 미안한 척했다. 나는 입주자가 도망친 빈 방을 보고 내려오며 칠십도 넘은 나이에 이 무슨, 하며 혀를 찼다.

온몸이 천근같이 무겁고 어깨가 뻐근하여 택시를 타고 집에 가려다가, 이제 집에 가면 쉴 건데, 하며 전철을 탔다. 경로석이 꽉 찼다. 나는 전철 손잡이를 잡고 흔들거리며, 한 달 받는 임대료가 얼만데 택시비 아끼며 이런 고생을 하나, 70이 넘은 이 나이에 임대료 받겠다고 쫓아다니며 스트레스 받아야 해? 상가고 원룸이고 다 팔아 은행에 넣고 편히 살까?

요사이 부동산경기 좋지 않아 제값 받고 팔기 어려운데, 애들한테 물려주고 매달 용돈이나 얻어 쓸까? 애들한테 물려줬다가 몇 달 용돈주고 모른 척하면…. 설마 착한 우리 애들이 그러겠어, 하며 실없는 생각을 이어갔다.

내가 현관에 들어서자 소파에 비스듬히 누워서 티브이를 보던 아내가 고개를 들고 저녁 먹고 왔지, 하고 물었다. 내가 안 먹었다고 하자, 연락이 없어 저녁을 준비하지 않았다며 중국집에서 시켜줄까, 했다. 나는 라면이나 하나 끓여달라고 했다.

아내는 라면 끓이는 것은 당신이 도사잖아, 하며 나를 쳐다봤다. 나는 임대인들로부터 스트레스를 받고 축 처져서 들어오는 남편을 그대로 내팽개치는 아내를 쥐어박고 싶었다.

“임대료 받으러 다니기도 귀찮은데, 상가랑 원룸 애들한테 다 물려주고 시니어 타운이나 들어갈까?”

나는 식탁에 앉아 라면 면발을 후루룩 삼키며 거실 소파에 비스듬히 앉아 티브이를 보는 아내에게 말했다.

“시니어 타운? 당신 아직 젊은데 벌써 시니어타운 들어가자고? 그런 수고도 않고 남의 돈 먹으려 했어? 재산을 애들한테 물려주자고? 그건 안 돼.”

아내는 내 말을 한 마디로 뚝 자르며 반대했다.

나는 내 재산을 남에게 기부하자는 것도 아니고, 자식들에게 물려준다는데, 아내가 다짜고짜 반대하자 비위가 확 틀렸다. 평생 순종적이던 아내가 나이 들면서 말이 많아지고 자주 내 말을 먹었다. 나는 아내가 그냥 반대부터 하자 벌컥 화가 났다. 나는 홧김에 재산 다 물려주고 시니어 타운에 들어가겠다고 일방적으로 선언했다.

아내는, 돈은 죽을 때까지 가지고 있으라는 말도 못 들었어? 애들한테 큰돈 물려줬다가 엉뚱한 짓을 하면 어쩔 거야, 하며 쫑알쫑알 토를 달며 대들었다. 나는 아내의 말에 맞는 구석이 있다고 여기면서도, 아내가 마구 대들자 오기가 나서, 우리 애들은 다 착하고 효심도 깊어 재산 물려주면 잘 굴릴 거니 걱정 말라고 우겼다. 그래도 아내는 끝내 내 말에 토를 달았다.

"내가 돈 벌어 산 재산 내 자식들한테 물려준다는데 무슨 반대가 그리 많아?"

나는 꽥 소리를 질렀다.

"당신이 번 돈으로 산 건 맞지만 나도 애들 키우면서 한 몫 했어."

우리의 대화가 막장까지 갔다. 나는 가장의 권위를 세우며 재산을 다 애들한테 물려주고 시니어 타운에 들어갈거니 딴소리 말라고 고함쳤다. 아내는 그러다가 쪽박 찰 거야, 험담을 던지고 침실로 들어갔다.

큰아들이 외할머니의 상을 치르느라 어버이날도 챙기지 못했다며 일식집에 저녁 자리를 마련했다. 나는 며느리와 사위, 막내아들이 내미는 선물을 받으며 흐뭇했다. 나는 손녀와 외손자의 재롱을 보며, 해마다 빠지지 않고 생일, 결혼기념일, 어버이날을 챙겨주는 자식들이 대견했다.

"너희들한테 할 말이 있다."

저녁 식사가 끝날 무렵 세 잔째 마신 정종 대포에 거나하게 취한 내가 느릿하게 말을 꺼냈다. 아들딸들이 천방지축으로 떠드는 손자들을 제지하며 나를 쳐다봤다.

"엄마랑 상의한 건데 우리 시니어 타운 들어가기로 했다."

아내는 그녀와 상의했다는 내 말에 이의를 달지 않았다.

"벌써 시니어 타운에 들어가신다고요?"

큰 아들이 놀라는 척했다.

"그 동안 분당에 있는 시니어 타운도 가 보고, 용인에 있는 시니어 타운도 가 보고 했는데, 양평에 있는 십장생 마을로 정했다. 한강이 내려다보이고, 차로 십여 분만 나오면 전철 타고 바로 서울 올 수 있고."

"십장생 마을이면 미래그룹에서 운영하는 그 비싼…."

딸은 끝말을 맺지 않았다.

"그래 좀 비싸다. 20평대에서 100평대까지 여러 평수가 있던데 그냥 40평대에 들어가기로 했다. 보증금이 한 6억 되고, 매월 생활비 식비하여 한 3백 5십쯤 든다. 의료시설도 있고, 체육시설도 좋고, 여가선용 프로그램이 아주 좋더라. 보증금은 우리 죽고 나면 돌려받을 수 있으니 너희들이 나눠가져라."

나는 그 비싼 시설에 들어가시려고 하느냐는 자식들의 마음을 읽고, 보증금은 돌려준다는 말을 보탰다.

"들어갈 돈만 남겨놓고 나머지 재산은 다 정리하기로 했다."

자식들은 '정리' 한다는 말이 혹시 '기부' 한다는 뜻은 아닌지, 하고 바짝 긴장했다.

"너희들이 엄마랑 나랑 죽을 때까지 십장생 마을 생활비를 나눠서 대준다면 바로 재산을 너희들에게 다 물려주겠다."

나는 자식들을 둘러보며 들뜬 어조로 말했다.

"재산 안 물려주셔도 당연히 저희들이 생활비를 대야지요."

큰 아들이 안도하는 맘을 숨기고 며느리의 눈치를 보며 말했다. 큰 아들은 은행에 다니며, 며느리는 초등학교 선생이다.

"저는 아직 벌이가 시원찮아, 당장은 어렵지만 교수자리 잡으면 대 드릴게요."

막내아들이 머리를 긁적이며 말했다.

막내아들은 국내 대학에서 박사학위를 하고, 모교를 비롯하여 몇 군데 대학에서 시간강사를 한다. 내일 모래 사십인데 전임강사라도 되면 결혼을 하겠다고 고집을 피우고 있다.

"사위도 자식이니 당연히 같이 대야지요."

딸의 눈짓을 받은 사위가 서둘러 말했다.

사위는 공무원이며 딸은 약사다. 약방을 개업할 때 내가 가게를 얻어줬다.

"너희들이 그렇게 말해 주니 고맙다. 사실 나도 십 년도 넘게 매월 돌아가신 장모님 간병비를 댔다."

나는 아내가 내 말에 딴죽을 걸지 못하도록 간병비 댄 것을 털어놓았다. 아내는 내 말에 얼굴이 굳어졌다.

"그러셨어요? 저희들은 몰랐어요."

큰 아들이 놀라는 표정을 했다.

"너희들도 다 알겠지만 우리 집 부동산은 지금 사는 집하고, 대치동 상가, 신림동 원룸이 전부다. 세 건물 값이 조금씩 차이는 나지만 큰 차이는 없다."

자식들은 내 입을 쳐다보며 숨을 죽였다.

"그래서 부동산을 한 덩어리씩 너희들에게 나눠줄까 한다. 은행에 있는 현금은 십장생 마을 보증금 내고 너희들 증여세 물어주고 나면 끝이다. 너희들에게 다 물려주고 나면 임대료도 은행 이자도 없어 매월 백만 원도 안 되는 국민연금 외에 수입원이 없다. 느네 엄마랑 내가 앞으로 십 년을 살지 이십 년을 살지 모르는데 너희들이 월 삼백오십이나 드는 생활비를 분담해 줄 수 있겠냐?"

내가 단도직입적으로 물었다.

"재산을 안 물려주셔도 생활비를 드려야죠."

큰아들이 바로 대답했다. 딸은 고개를 크게 끄덕였고, 막내아들은 손바닥으로 이마만 쓸었다.

"고맙다. 내가 아들딸들은 잘 키운 모양이다. 엄마는 너희들에게 재산을 당장 물려주지 말자고 하지만 이제 칠십대 중반을 바라보는 나이에 재산관리도 귀찮고 그냥 편히 살고 싶다."

"꼭 자식들 앞에서 그 말을 해야 해? 나만 자식들을 못 믿는 사람이 되잖아?"

아내가 쫑알댔다.

"그렇지 않아? 우리 착한 아들딸들을 다른 집 자식들과 비교하니 그렇지."

내가 아내를 흘겨봤다. 아내는 입을 삐쭉했다.

"큰 애에게 집을 물려주고, 벌이가 시원찮은 막내한테는 임대료라도 받아 쓰라고 원룸을 물려줄까 한다. 원룸 5층에 살 만한 방이 있으니 그곳에 살면 된다. 창석네는 상가를 물려주고. 값이 제일 덜 나가는 상가를 물려준다고 불만이겠지만 약방 열 때 몰래 도와줬으니 그걸로 때우자."

나는 말을 마치고 자식들을 둘러봤다.

큰 아들은 며느리를 보며 눈을 깜박했고, 딸은 사위의 눈치를 봤다. 막내아들은 한 달에, 정확히는 모르지만, 수백만 원씩 임대료가 들어오는 원룸을 물려준다고 하자 입이 벙긋했다.

"아버님 말씀 알겠습니다. 아버님 도움이 없었으면 공무원 월급으로 어떻게 약국 열 생각을 했겠습니까?"

사위가 딸에게 눈짓을 보내며 시원스럽게 말했다.

"그럼 이의 없는 것으로 하고, 십장생 마을 한 달 생활비가 삼백오십은 드니 너희들이 매달 백오십씩 내 통장에 보내주면 된다. 그럼 생활비 내고 용돈 쓸 만하다. 그렇게 할 수 있겠지?"

맏아들과 사위는 "네" 하고 대답했고 막내아들은 고개를 주억거렸다.

"그러겠다는 각서라도 받아요."

아내가 나섰다.

"자식들을 못 믿기는. 부모 자식간에 각서 받아서 뭐 할 거야?"

내가 혀를 끌끌 찼다.

"생활비 안 보내면 다시 재산 돌려받는다고."

아내는 여전히 내 독단적인 결정에 불만이다.

"속 좁기는. 큰애는 둘 다 월급 받으니 문제없고, 막내는 원룸 입주자가 들락날락하여 관리가 귀찮겠지만 월 돈 백 주면 관리인 둘 수 있으니 그러면 되고, 월 임대료가 한 6백 나오니 우리한테 백오십 보내고, 세금 내고, 관리인 월급 주고, 이백오십은 남을 테니 걱정 말고 장가가라. 상가 임대료로 삼백오십은 나오니 백오십 보내고 세금내고도 좀 남는다."

술에 반쯤 취한 나는 자식들에게 재산을 다 물려주겠다고 큰소리를 치며 어깨가 죽 펴졌다. 기분이 고조되어 세상이 돈짝 만하게 보였다.

"아버님 수입이 그렇게 많으셨어요? 전 임대료가 그렇게 많은지 몰랐어요."

처음으로 아버지의 수입을 정확히 알게 된 자식들이 눈을 크게 떴다.

"그리고 나랑 차용증을 써야 한다."

"차용증요?"

큰 아들이 차용, 하고 소리를 높이다가 증요, 하며 목소리를 낮췄다.

"그래. 내가 너희들 증여세를 내주면 그 돈도 증여가 되니 또 세금을 내야 한다. 내가 증여세를 내주는 대신 너희들이 매달 백오십씩 십 년을 갚는다고 차용증을 쓰자. 너희들이 매달 내 통장으로 생활비를 붙여주면 빌린 돈 갚은 증거가 남으니 세무조사에도 안 걸린다. 알았지?"

자식들은 내 말뜻을 알아듣고 안도하며 굳어졌던 얼굴이 좍 펴졌다.

나는 세법 지식을 자식들 앞에게 자랑하며 우쭐했다. 자식들에게 어떻게 재산을 모았는지도 막 자랑하고 싶었으나, 너무 으스대는 것은 어른답지 못한 것 같아 간지러운 입을 닫았다.

"나는 재산을 관리할 힘이 있을 때까지 우리가 관리하자고 우겼으나, 니 아버지가 시골 가고 싶어 하고, 짐을 다 털고 여생을 편히 살자고 우겨서 별 수 없이 니 아버지 뜻을 따르기로 했다. 아버님 뜻을 받들어 딴 맘먹지 말고 꼭 약속을 지켜라."

어머니가 자식들에게 못을 쳤다. 딸이 엄마의 손을 꼭 잡고 흔들며 걱정 말라고 안심시켰다.

애들과 헤어져 집에 돌아오며 아내는, 그렇게 애들한테 재산을 다 물려줘도 괜찮겠어, 다시 한 번 생각해 봐, 했으나, 나는 속 좁게 굴지 말라고 아내를 쥐어박았다.

나는 서류를 챙겨 증여 등기이전을 맡기려 법률사무소에 가려다가 주춤했다. 내 수중에 있는 재산이 다 없어진다고 생각하니, 자식들에게 물려주는 거지만, 갑자기 가난해진 것 같고, 두 손이 빈 것같이 허전했다. 갑자기 큰돈이 생긴 애들이 딴 짓을 하면 어쩌나, 생활비를 몇 달 대주다가 안 대주면 어쩌나, 하는 걱정이 줄을 섰다.

죽을 때까지 재산을 꼭 가지고 있으라는 선배, 친구들의 충고가 떠올랐다. 아내의 말을 못이기는 척 들을 걸, 공연히 고집을 부렸다는 후회도 됐다. 애들에게 좀 더 생각해 보고 물려주겠다고 하고도 싶었다.

애비가 자식에게 한 번 뱉은 말을 주워 담을 수가 없어, 우리 애들은 내 믿음을 배반하지 않을 거라 믿으려 하며, 등기서류를 들고 며칠을 망설이다가 법률사무소를 찾았다.

"참 맘이 한가하다."

나는 달못 주변의 벤치에 앉아 별이 쏟아지는 밤하늘을 올려다보며 말했다.

"당신 며칠도 지나기 전에 심심하다고 할 건데."

옆자리에 앉은 아내가 노출된 팔에 스며드는 냉기를 손바닥으로 문지르며 말했다.

"심심하기는 할 일이 많을 것 같은데."

"여기 친구도 없잖아?"

"친구야 곧 생기겠지. 다행히 김 사장네도 있고."

김 사장은 나와 고등학교 동창으로 십장생 마을에 입주한 지 2년이 됐단다.

자수성가하여 강남에 빌딩을 가지고 있다. 프런트 직원에게 김 사장이 내 친구라고 하자, 직원은 그 집 자식들은 한 주도 빼지 않고 부모를 찾아와요, 십장생 마을에 효자 자식들을 뒀다는 소문이 자자해요, 했다.

"이러다 감기 들겠다. 들어갑시다."

아내가 앞장서서 우리의 동, 학동으로 걸어갔다.

십장생 마을은 수리산을 뒤로 하고 한강이 내려다보이는 툭 트인 언덕배기에 자리한다. 나는 조망이 좋고, 풍수지리학적으로 양택이라는 선전도 마음에 들었지만, 시니어 타운의 이름을 외래어가 아닌 장수를 의미하는 우리말로 명명한 것이 마음에 들었다. 마을의 건물 다섯 동의 이름은 십장생의 이름을 따서 해(日), 거북(龜), 솔(松), 학(鶴), 죽(竹)이라고 붙였다. 해 동이 한가운데 자리하고, 거북, 솔, 학, 죽동을 동서남북 네 방향에 방사형으로 배치했다. 구름모양의 연결 복도로 동간 연결되어 비가 와도 우산 없이 다닐 수 있다.

각동 1층은 공용시설이 차지하고, 2층에서 6층까지는, 4층은 없다, 입주자 거주 공간이다. 6층에는 한 채에 100평이 넘는 가구도 있다. 중앙에 위치한 해동에는 관리사무실, 강당, 식당이 있다. 강당에서 교양강좌를 열고, 음악공연도 한다. 결혼식장으로도 빌려준다. 영양사는 일주일치 식단을 미리 짜서 게시판에 게시하며, 각 가구에 알린다. 한식 위주이나 양식, 일식, 화식 요리도 올린다. 체육관은 학동에 있다.

죽동과 거북동에는 갖가지 취미활동을 할 수 있는 크고 작은 방들이 있다. 솔동에는 의무실이 있으며, 가정의와 간호사가 상주한다. 감기 정도 가벼운 병은 무료로 진료해 준다. 수리산 정상에 세운 팔각정, 구름채까지 등산로가 죽 이어져 있다. 정해진 날에 세무사, 변호사, 회계사가 반나절씩 머물며 무료로 상담해 준다. 일상사는 단지 내에서 다 해결할 수가 있다.

"우리 둘이 살기에 40평도 너무 큰데 100평에 사는 사람들은 누굴까?"

아내가 나를 따라 거실로 들어서며 말했다.

"큰 재벌이겠지. 뉴스나 보고 일찍 잡시다."

나는 티브이 리모컨 스위치를 누르며 말했다.

"뉴스 끝나면 당신 먼저 자. 난 연속극 보고 잘 거니."

"무슨 연속극은 그렇게 좋아해? 난 여기서 살아갈 일과를 대강 정했는데 당신도 나랑 같이 하지."

"어떻게 할 건데?"

"8시부터 요가하고, 9시 반에 끝나면 좀 쉬다가 구름채까지 한 시간 쯤 산책하고 샤워하고 책 좀 보다가 점심 먹고, 오후 2시부터 서예하고, 교양강좌나 하나 듣고 할 거야."

"나 그렇게 빨리 못 일어나. 당신 요가 갈 때는 집에서 티브이나 보다가 산책이나 따라가지. 서예는 따분할 것 같고, 수채화 반이나 들어갈까 해. 나 중고등학교 때까지 그림 잘 그렸는데, 미대를 갈까 했었거든."

아내가 또 내 말을 따르지 않겠다고 했다. 나는 조롱조로 물었다.

"당신이 그림을 잘 그렸다고?"

"당신한테 시집 와서 좋은 재주 다 썩혔지."

"썩기는. 나한테 시집 와서 편히 살았지. 당신 편할 대로 해. 나도 나 편할 대로 할 테니. 말년에 서로 간섭하지 말고 편히 살자고."

"내가 언제 당신 간섭했다고? 나같이 착한 부인이 세상에 또 있을까?"

"그래? 알았어. 애들도 바쁠 텐데 매주 한꺼번에 몰려올 것 없이 한 주에 한 가족씩만 돌아가면서 오라고 하지."

"그거 좋겠다. 매월 첫째 주는 큰애, 둘째 주는 창석네, 셋째 주는 비워놓고, 넷째 주는 막내 오라고 하고."

"그럼 셋째 주는?"

"지 차례에 못 온 애들 오라고 하면 되지. 아님 우리 둘이 시내라도 나가서 바람 쐬고 오던지."

"지들 오고 싶으면 아무 때나 오라고 하지 무슨 순번이야, 기름 값도 못줄 거며."

우리 부부는 주말마다 먹을 것을 싸들고 찾아오는 자식들에게 기름 값이나 하라며 매번 2, 30만원이 든 봉투를 나눠줬었다. 자식들은 의례껏 주는 봉투를 별 생각 없이 받아갔었다.

"개들이 기름 값 받으러 오나? 심성이 착하고 효심이 깊어 오는 거지."

"이럴 때 보면 당신 참 순진하다. 재산 나눠줄 때도 그러더니. 요새 애들 다

돈 보고 오는 거 몰라? 김 사장네 매주 애들이 찾아오는 거 다 돈을 주니 오는 거야. 김 사장은 재산은 한 푼도 안 물려주고 올 때마다 50만원씩 준대. 용돈도 챙기고, 눈 밖에 나서 재산 상속받을 때 손해 안 보려고 열심히 오는 거지."

"당신은 사람을 어떻게 돈으로만 보나? 우리 애들은 절대 돈 보고 오는 거 아냐. 걱정 붙들어 매."

"이제 재산도 다 물려줬는데 애들 믿는 수밖에."

"당신 꼭 우리 애들이 못 믿을 사람같이 야기하네."

"꼭 그렇지는 않지만. 갑자기 돈 생겼다고 사업하겠다고 하지나 않을까 걱정이야."

"걱정도 팔자다. 다들 직장 있겠다, 편히 살지, 뭐 하러 사업하려 하겠어?"

"사람 욕심은 한이 없는데…. 당신 아들 철석같이 믿는데 우리 엄마 왜 일찍 돌아가셨는지 알아?"

"아흔다섯까지 사셨는데 일찍 돌아가시다니?"

"더 사실 수 있었는데, 큰 오빠가 똥을 싸서 벽에 막 뭉개는 엄마를 보고 밥을 하루 한 끼로 줄인 거야."

"그게 무슨 말이야?"

"그렇다는 거지. 동생들이 간병비는 다달이 잘 안 보내주지, 엄마는 천년만년 살 것 같지, 얼마나 큰 오빠가 답답했겠어?"

"설마 큰 처남이 그랬겠어? 당신 그 말 다른 사람 들을까 무섭다."

"우리도 똥 집어먹을 때까지는 살지 맙시다."

"그게 맘대로 돼? 당신 또 우리 오래 살면 애들이 생활비 안 보낼까 걱정이야?"

"그냥 그렇다는 거지. 전철비 공짜라서 좋기는 한데 가는데 만 두 시간씩이나 걸려 너무 멀다. 공연히 이사 온 거 같다. 좀 더 나이 들어 들어올 걸."

"이왕 들어왔는데 맞춰서 살아야지. 정말 멀기는 멀더라. 그냥 시내에 있는 시니어 타운 들어갈 걸 하는 생각도 들고."

"창석이랑 보람이 백점 맞으면 천 원씩 주기로 했는데 애들이 시험지를 여기까지 들고 올까?"

"창석이 얼마나 돈에 영악한데. 들고 올 거야."

나는 논현동 할머니가 돌아가셨다는 말을 듣고 세뱃돈 못 받을 걱정부터 했던 외손자를 떠올리며 말했다.

3.

"큰애가 걱정돼요."

토요일 오후 큰아들 가족이 십장생 마을에 들렀다. 식당에서 저녁을 먹고 거실로 와서 한참 놀다가 갔다. 우리 부부는 엘리베이터 앞까지 배웅하며 눈길에 조심하라고 당부했다.

"너 투자 결정하기 전에 꼭 나한테 야기해야 한다."

나는 엘리베이터를 타는 큰아들에게 다짐했다. 큰아들은 그러겠습니다, 대답하며 엘리베이터의 닫힘 단추를 눌렀다.

저녁 식사가 끝날 무렵 큰아들은 내 눈치를 보며 남미 주석광산에 투자하면 큰돈이 될 것 같아 물려주신 집을 잡혀 융자를 받아 투자할까 한다고 했다. 자기 은행에서 문제 없이 대출 한도까지 융자를 받을 수 있다고 큰 소리쳤다. 나는 바로 투자하지 말라고 하려다가, 젊은 애의 기를 꺾는 것 같아, 광산 투자는 리스크가 크고, 남미는 정정이 불안하여 위험도가 너무 크니, 당장 결정하지 말고 구체적인 것은 나랑 상의해서 결정하라고 한 템포 늦춰 말했다.

"큰 애가 무척 투자하고 싶은 눈치던데. 당신이 부정적으로 말하자 얼굴 빛이 휙 바뀌던데."

"은행 다니는 놈이 남의 돈에 욕심내면 안 되는데….."

"우리가 젊은 애들한테 너무 일찍 재산을 물려준 거 같아. 너무 쉽게 큰 재산이 생기니 딴 마음이 생기지. 지들이 월급쟁이하며 1억만 모으려 해도 매달 백만 원씩 7년은 모아야 하는데."

"이미 물려줬는데 그런 말 필요 없고, 다음에 올 때 아예 하지 말라고 할게."

"그러지 말고 지금 당장 전화해. 집 잡힐 생각 말라고."

"아무리 아들이지만…, 아직 집에 들어가지도 않았을 텐데."

"그래도 지금 전화하는 것이."

"사내들 세계는 달라. 한 번 내가 한 말은 지켜야지. 자세한 이야기 듣고 내가 정해준다고 했잖아."

내가 고함을 쳤다.

"또 그놈의 사내타령."

"김 사장네는 재산 한 푼도 안 물려주고 틀어쥐고 앉아서 애들 올 때마다 몇 십만 원씩 미끼를 던져준다고? 너무 심한 거 아냐?"

나는 화제를 돌렸다.

"심하기는. 돈을 보고 오든 어쨌든 그 집 애들은 효자라고 소문났는데. 막내는 서너 달 오더니 한 달에 한 번 오는 것도 시간 없다며 안 오네."

"교수 되려면 책도 읽어야 하고 논문도 써야 하니 바쁘겠지. 왔다 갔다만 네 시간씩 빼앗기는 이곳까지 오려면 쉽겠어? 관리인이 있지만 원룸 관리도 직접 해야 할 거고."

"그렇게 감싸지만 말고…, 김 사장네 같이 매번 돈을 줘봐. 열 일 제쳐놓고 오지."

"당신은 우리 애들을 어떻게 보는 거야?"

"그렇다는 야기야. 그래도 사위는 착하지? 아무 소리 없이 꾸준히 오는 거 보면. 가게 잡혀 먹는다는 소리도 없고. 막내 장개 보내야 할 텐데."

"이제 고정 수입도 있고 한데 참한 여자 하나 고르라고 당신이 말 좀 해."

"요새 코빼기 보기도 어려운데…, 우리 내일 같이 가서 어떻게 사나 한 번 봅시다. 밑반찬도 좀 사다주고."

"나 내일 점심 약속 있어 나가야 하는데 그럼, 오후 세시쯤 만날까?"

"그럽시다."

나는 원룸 1층 관리실에서 아내를 기다렸다. 관리인이 사장님은 지금 외출 중이라고 했다. 아내는 밑반찬을 가득 담은 쇼핑백을 들고 끙끙거리며 현관에 들어섰다.

"막내가 지금 없대."

나는 아내의 짐을 받으며 말했다.

"미리 핸폰이라고 하고 올걸. 방에서 기다릴까?"

아내가 계단을 오르며 말했다. 관리인이 내 손에서 쇼핑백을 빼앗아들고 우리를 따라왔다.

막내가 거주하는 공간은 원룸 두 개를 터서 만들었다. 침실, 화장실, 거실,

간이 부엌이 있다.

아내는 빨리 장가보내야 할 텐데, 구시렁거리며 냉장고 속부터 청소했다. 나는 좁은 소파에 앉아 아내가 집안을 청소하는 것을 바라봤다. 관리인은 무슨 시킬 일이 있나, 하고 두 손을 모으고 현관 앞에 서 있었다.

"우리 현철이 잘 있지요?"

아내가 부엌을 치우며 물었다.

"네. 아니, 지금 병원 갔어요."

"병원가다니?"

"조금 전에 몇 달치 세를 안 내고 버티는 고시생과 다투다가 다쳐서…."

"많이 다쳤어요?"

"눈자위에 멍이 좀 들었어요."

"뭐라고? 어떤 죽일 놈이 우리 아들을."

아내가 고함을 쳤다.

"그 고시생은?"

내가 물었다.

"아들이 얻어맞고 다쳤다는데 남 걱정을 해?"

아내가 고함을 쳤다.

"고시생은 앞니가 부러졌어요."

관리인이 현황을 그대로 다 불었다.

"이가 부러져? 누가 먼저 시작했어요?"

"고시생이 사장님 약을 올렸어요."

"그럼…."

나는 막내가 송사에 휘말릴 것 같아 입맛이 썼다. 어느 변호사 친구에게 아들 문제를 부탁할까, 생각하며 변호사 하는 친구들의 얼굴을 꼽아봤다. 재산을 잘못 물려준 것 같은 후회가 왔다.

4.

우리 부부가 십장생 마을로 옮긴 지도 일 년이 되어간다.

새소리를 들으며 눈을 뜨고, 산등성이에 걸린 별을 보며 잠이 드는 생활이 이어졌다. 전원 교향곡처럼 들렸던 새소리가 이제 그냥 그렇게 들렸다. 문득 문득 전원의 정취를 느끼기는 하지만 신비함과 신선함이 무뎌졌다.

이곳 생활도 사는 집 평수와 매월 쓸 수 있는 수입 정도에 따라 그럭저럭 사는 사람과, 못사는 사람은 없지만, 잘사는 사람으로 나뉘었다. 나는 그럭저럭 사는 부류에는 속했다.

세상사 모든 귀찮은 일을 다 털고 편안하게 여생을 보내자며 재산을 자식들에게 다 물려주고 산골로 이주했으나 새로운 걱정거리가 생겼다.

큰 아들은 내 허락도 없이 볼리비아 주석광산에 덜컥 투자했다. 세계에서 제일 큰 광산으로 채굴만 시작하면 금방 투자금의 몇 배는 벌 수 있다는 헛꿈에 빠져, 보수적인 늙은이의 말을 듣다가는 큰돈 벌 기회를 놓칠 것 같았던지, 내 뜻은 묻지도 않고 투자했다. 내가 물려 준 집 전세금 8억 원과 그 집을 담보로 은행에서 융자받은 7억 원을 투자하고는, 시일이 촉박하여 아버님께 미리 말씀 못 드렸다고 변명했다.

이미 재산은 물려줬고, 벌써 투자를 했다는데, 나는 할 말이 없었다. 나는 집에 가등기라도 할 걸, 하고 후회했으나 이미 늦었다. 큰 아들은 매월 4백만 원이 넘는 대출금 이자를 갚느라 돈에 쪼들려 매월 우리에게 보내야 하는 150만원이 큰 부담이 되는 것 같았다. 광산 투자 건이 잘못 되면 큰 아들은 빚 15억 원을 안게 되며, 내가 물려준 집이 날아간다!

딸은 기회가 왔을 때 돈을 벌어야 한다며 상가에 임대 들었던 안경방을 내보내고 약국을 또 하나 열었다. 상가 빌딩에 의원급 병원이 11개나 있어 계속 처방전을 끊어댔지만, 두 군데 대형 약국이 피터지기 경쟁을 했다. 딸은 그 판에 또 약국을 열고 경쟁에 뛰어들었다. 딸은 양 쪽 약국에 약사를 두고 두 약국을 왔다 갔다 하며 바쁘게 뛰었으나, 약사 월급 주고 크게 남는 것이 없는 것 같았다. 공연히 상가를 물려줘 딸 고생만 시키는 것 같았다.

막내는 월세가 밀린 4수 고시준비생과 말싸움을 하다가 주먹질까지 오갔고, 고시준비생의 이빨을 두 개나 부러트려 폭행죄로 고소를 당했다. 법률 지식은 변호사를 뺨치는 고시준비생은 돈푼깨나 있어 보이는 헐렁한 막내를 붙잡고 늘어져서 합의금으로 3천만 원이나 뜯어갔다. 막내는 은행에 다니는 친구에게 부탁하여 2년 만기 적금을 드는 조건으로 그 돈을 은행에서 빌렸다. 매월 들어오는 월세에서 관리인 월급과 원룸 관리비용을 지불하고, 은행 적금 넣고 나면 먹고 사는 것도 빠듯해 매월 우리와 약속한 돈을 붙이는 것이 벅

찬 모양이다.

　나는 아직 재산을 관리할 수 있는 힘이 있는데, 죽을 때까지 돈을 가지고 있어야 한다는 친구들의 충고를 무시하고 잘난 체하며 재산을 자식들에게 물려준 것이 후회되었다. 내가 그냥 그 재산을 가지고 관리했으면 애들이 쓸데없는 고생을 하지 않을 거고, 당장 십장생 마을에 낼 생활비 걱정은 안 해도 됐다. 사태가 심각하게 돌아가는 것을 알고 아내는 기회가 있을 때마다 자기 말을 듣지 않은 나를 갈궜으나, 나는 인생살이는 다 수업료를 내고 배워야 한다며, 누가 그렇게 될 줄 알았냐며, 다 잘 될 거야, 하며 아내의 입을 막았다.

　아내와 내가 매일 가던 산책을 못나가고 주룩주룩 내리는 장맛비를 내다보고 있을 때 십장생 마을 관리인이 내 집에 찾아왔다.
　"저, 어르신께서 깜박하신 거 같은데 3개월째 생활비와 식비가 밀렸어요. 조속히 내주시면."
　관리인은 두 손을 모으고 미안한 척했다. 나는 언제 줄 수 있다고 딱 부러지게 말할 수가 없어 난처했다.
　"그럴 리는 없으시겠지만 6개월 연체시는 강제 퇴거됩니다. 잘 아시겠지만 연체료 이잔 연 12퍼센트입니다. 그럼."
　관리인이 고개를 숙여 정중히 인사를 하고 물러갔다. 나는 창피하여 고개를 들 수가 없었다.
　"당신 인심 쓰고 막 재산 물려주더니 겨우 일 년 살고 쫓겨나게 생겼네. 이 무슨 창피야!"
　아내가 한탄했다. 나는 아내만 노려봤다.
　"당신 어떻게 할 거야?"
　"뭘 어떻게 해? 애들이 곧 돈 부쳐줄 텐데."
　"돈을 부쳐준다고? 어디서 돈이 나서?"
　그래도 딸은 꼬박 생활비를 보내고 있으나, 큰 아들은 은행 이자 물고 먹고 살기도 바빠 생활비를 보낼 여력이 없다. 투자한 주석광산 개발은 하세월인 모양이다. 막내는 적금 넣느라 2년간은 여력이 없다. 내가 돈을 벌지도 못하니 이대로 쫓겨날 판이다.
　나는 내가 세상에서 제일 똑똑한 통이 큰 아버지라고 자부했었는데, 자식들에게 딱 한 번 인심을 쓰고(?) 말년이 어렵게 됐다. 거저 물려준 큰돈이 자식들을 어렵게 만들었다.

5.
"여보 큰 애가 쓰러졌대."

아내가 일 개월 후에 나가겠다는 통보를 하고 관리실을 나서는 나에게 달려오며 화급한 목소리로 말했다.

우리 부부는 강제로 퇴출당하기 전에 남은 보증금을 찾아서 십장생 마을을 떠나기로 했다.

"큰 애가 쓰러지다니?"

"투자한 거 다 사기 당한 모양이야."

소심한 은행원 아들이 15억 원을 한 큐에 날린 모양이다.

"뭐라고? 그놈 자식 내 말 안 듣더니."

"지금 화내고 있을 때야? 빨리 병원에 가봅시다."

아내가 나를 막 끌었다. 나는 전철을 타고 가자고 했으나, 아내는 이 급한 판에 무슨 전철, 하고 우기는 바람에 차를 끌고 나섰다. 주말도 아닌데 자동차 전용도로가 꽉 막혀 달릴 수가 없었다. 아내는 승용차로 꽉 막힌 도로조차 보기 싫은지 눈을 꼭 감고 입을 닫고 있었다.

"전철 타자니까 차를 끌고 가자고 하더니."

나는 눈을 감고 있는 아내에게 투덜댔다.

"누가 길이 막힐 줄 알았어? 계속 벨 울리는데 전화나 받아."

아내가 신경질적으로 응수했다.

나는 이동전화를 꺼내 봤다. 화면에 딸 이름이 떴다.

"지금 병원 가고 있다."

나는 딸이 말하기도 전에 먼저 말을 했다.

"할아버지 나야."

"어, 창석이구나."

"응. 나 또 금상 받았다. 그림 잘 그렸다고."

"그랬어? 잘했다."

"만 원 언제 줄 거야?"

"만 원? 여기 올 때 줄게."

"엄마가 할아버지 돈 없다고 말하지 말라고 했어. 절대 내가 달라고 했다고 하면 안 돼. 몰래 줘야 돼. 할아버지 부잔데 돈 있지?"

"그래 할아버지 부자다."

나는 외손자의 전화를 끊고, 나를 쳐다보는 아내를 돌아보며, 창석이가 할아버지 돈 없다는데, 하며 허허 웃었다.

1년 사이에 돈 없는 할아버지로 바뀐 내 처지가 꼭 남의 일 같았다.

70이 넘은 나이에 닥친 인생의 굴곡이 연극의 한 장면 같았다.

윤명철 _ 자문위원

또 하나의 사막 외1편

마른 눈 떴을 때
젖은 하늘이 보였다.
메마른 거울이었다.
젖은 모래알들 아닌 바스라진 메마른 모래알들이
아래를 통채로 채운 채 알몸을
하늘에 비추고 있었다.

위와 아래
모든 게 사막이었고,
중간은
짜증나는 낙타의 곰삭은 숨길로 지쳐 있었다.

시퍼런 콧물 같은 풀 건덕지가 널리고, 새끼 게들이 꼼지락거리는
구멍들로 채워진 모래밭
대신
물결들이 껴안고 내지르는 굉음
대신

어쩌다 나타난 덜 탄 연기 같은 낙타 풀들이
바람의 살점을 떼내는 샤크란 소리만 환청처럼 들리는

모래알들의 세계

이
무망의 세계
보이지 않는 걸승의 화석 찾아
들여 놓고 천리 진군한
헤진 발길로
한 마리 전갈
빙 빙
현란한 신춤 추어댄다.
갓 피 마시려
까망 죽음을 유혹한다.
고행의 끝은
무망의 세계이노라고……
사그락거리며.

태양열에 혼절한
눈꺼풀에 걸렸던 그늘 위로
또 한 번
하늘 보인다. 녹청색 하늘 말이다.
녹청색
녹청색 말이다…

사막인

도망친 사람들

초원에서
들판에서
산골에서

황급히 면을 떠나
살그머니 희미한 선을 지워가며
물기 살짝 번진
모래톱에
점처럼 박혀 살면서
혹간
이리처럼
어둠 속을 배회하며 먹을 걸 구해 오고
새끼들 배 곯리지 않고
웃으며 살아가는 사람들

빙 빙 빙
태양 밑을 도는
왕매 눈에 찍혀서
칼 든 추적꾼들
미친 듯 쫓아오면

전갈처럼
모래 속에
파묻혀서
숨죽이다
추적꾼의 맨살 쏘아
시커먼 핏물 받아
생명을 획득하는 사람들

언제 나는 아니라도
그들로부터
멀어져
안일 대신
자유를 획득한 사람들.

신순애

_ 지구문학 편집위원

낙엽 구르는 소리 외1편

연두색 잎새들이
고갈된 혈관으로
하르르 쏟아지는 가벼운 행렬이여
오가는 발길에 채여
하염없이 구른다.

지난 날 푸르름이
한 때의 자랑으로
뒤돌아 갈 수 없는 회한의 길목이여
산 모롱 굽이굽이 쌓여
흙 속으로 잠긴다.

자연의 섭리들이
계절풍 지침으로
해마다 돌고 도는 바람개비 운명이여
먼지로 흩어짐이여
허망함의 꿈이다.

뻘배

썰물이 빠져 나갈
갯벌을 헤엄친다
밀치는 무릎 따라 문신을 새기면서
뻘밭은 광활한 대지
숨은 보석 찾는다.

한평생 젖은 바닥
온 몸으로 할퀸 여로
소금끼 짠 내음에 얼룩진 서러운 배
바다향 질펀한 바람
손놀림 속 머문다.

세상사 어찌 그리
마른 옷만 입다더냐
부딪쳐 부서지는 날개옷 허망 자욱
해안선 밀리는 파도
닻에 묶여 잠든다.

김현숙 _ 지구문학 편집위원

첫눈 외1편

한밤
오시는 눈
칠흑 어둠을 뚫고
천 리 만 리 달려간다
굽이굽이 바람을 휘돌아
네게로 날아간다
길에서
하얗게
뜬눈으로 지샌다

얼음꽃
– 벚꽃터널의

산문山門에 터 잡은
보송보송한 분홍 꽃구름
그대의 얼굴
시퍼런 속내 강물로 넘실거렸어라
그러 그러한 입소문이
꼬리 틀어 누운 이 골짜기에
누가 와서 그대를 부른다
그대 야윈 볼에 흰 면사포를 씌워
이 삼동에 입맞춤하고
잠든 그대 몸을 깨운다
밤새 산이 운다
실핏줄 올올이 타고 가던 눈물이
환호하며 일어서는 화답
눈을 감으면 이 골짜기 저 골짜기
정신없이 쏟아지는 빛

요지경 타령

김용옥 _지구문학 편집위원

　세상은 요지경이라 하나, 그 세상을 만드는 인간들이 요지가지 요물이요 요지가지 지경을 만들어 이 대천세계를 요지경으로 조성한다. 그러니 인간 하나만 제대로 알면 요지경세상은 제 손바닥 들여다보기나 마찬가지일 터다.

　환인, 환웅, 단군이라는 한 뿌리조상 아래 긴긴 세월 피를 잇고 이어 살아온 민족 중에서도 한 부모 아래 숨과 뼈를 받아 태어난 자식들 얼굴생김새와 사람모양새가 아롱이다롱이다. 뿐만 아니라 한 어머니 젖을 물고 같은 양육과 교육 아래 성장해도 얼굴빛이나 성품 또한 천태만상이다. 그것은 조상에게 지어 받은 오장육보가 달라서라기보다 맘보 생각보가 각양각색으로 다르기 때문이다.

　인간이 타고난 사주팔자 운수대로 사는 게 아니다. 부모가 점지해 준 사주팔자는 겨우 반 팔자라 했다. 그러므로 성인이 된 자기 운명은 스스로 개척하는 거다.

　인간의 운명운행을 점치기 위해 상相을 볼 때 소위 관상觀相, 수상手相, 족상足相 중에 두뇌를 대신 행하는 손의 상 곧 수상이 제일이라 한다. 관상을 보이는 얼굴의 성형을 열 번 한다 해도 팔자가 고쳐지긴 힘들다. 관상은 마음바탕 곧 심상心相에 따라 달라지기 때문이다. 심상 곧 인격이 인물을 만드는 셈이다.

　백 사람이 한 모임으로 한 자리에 둘러앉아 노는데 참으로 요지경이요 가관可觀이다. 찌개 한 냄비 상에 놓고 맵다는 이, 짜다는 이, 얼큰하다는 이로 갖가지다. 밥상 앞에서 숟가락을 들었다 놓았다 시큰둥한 사람, 둘러 앉은 사람 상관없이 게걸스레 허겁지겁 먹는 사람, 한 끼니 얻어먹는 동냥아치마냥 눈치 보듯 뱃속 얼른 채우고 스리슬쩍 사라지는 사람 등등 천차만별이다.

먹거리 태도는 그렇다 치고 어쭈구리, 아무데나 밑자리 끈덕지게 옆사람 아연실색케 하는 꼴값 인간도 부지기수다. 사귐성 좋다 하고 얼굴 디밀었다 하면 수다 떨기가 한창이요, 술 잘하는 게 개참봉인 양 술작태가 볼썽사납기 그지없다. 허, 학덕이 벼슬인 걸 모르고 상놈 칼자루 휘두르듯이 언성 빽빽 높이며 좌중을 후리는 노망老妄난 작태는 또 뭔 일인가. 언제나 낮은 자리에 서는 게 참 잘하는 처사로다. 어디서든 제 분수만큼만 나대면 되련만, 얼씨구, 모두가 키발 딛고 서서 새삼처럼 남의 머리 위로 뻗대니 별꼴이 될 수밖에 없는 거다.

그 사람의 인격은 주워듣고 얻어들은 말솜씨에서가 아니라 그 말에서 풍겨나는 진심에서 드러난다. 그 사람에 대한 존경은, 요리조리 잔머리 계산 속으로 꿰찬 사회적 지위에 있지 않고 한결같이 인격적인 인간성에 있다. 그 사람의 현명함이 아랫사람이나 지위 낮은 사람을 비판 비난하는 알량한 분별에 있지 않다. 그 사람에 대한 흠모는 어리석고 부족한 자를 오래 참으며 더 좋은 인생으로 인도하는 데 있다.

원숭이는 재주가 많아도 원숭이요, 뱀이 지혜롭다고 하나 뱀일 뿐이다. 참말로 지혜로운 사람은 원숭이나 뱀을 무시하는 게 아니라 원숭이에게선 원숭이의 재주를, 뱀에게선 뱀의 지혜를 배우는 사람이다. 원숭이는 원숭이만큼 대하고 뱀은 뱀으로 인정해 줄 줄 알고 행하는 사람이 현자다.

나는 요지가지 부자를 좋아한다. 최고의 부자는 마음이 부자인 부자다. 잔재주 많고 말 많고 욕심조차 많아서 가난하고 초라한 이를 종종 본다. 그런 사람에겐 존경의 꽃다발을 들고 가서 뒷간에나 놓아두고 와야 한다. 향내를 구린내로 만드는, 마음이 찢어지게 가난한 사람이니까.

진짜 부자란, 자기의 것으로 충분하며 자기의 것으로 나누는 사람이다. 공연히 부자의 것을 얻어먹고 뜯어내고 소위 돈의 덕을 보려는 사람은 빈천한 사람이다. 그런 사람에겐 탐욕의 눈길이 만추의 단풍잎처럼 화려하여 사람을 꼬이지만 결국 주위사람에게 상처를 많이 낸다. 사람은 사람을 알아보는 법이다. 어찌 모르는가. 부자 잔칫집에서 마당귀퉁이에 쪼그리고 앉아 개다리소반 밥상을 받은들 그게 무슨 인격대접인가. 그걸 모르고 부자를 기웃거리는 사람을 부처님도 예수님도 말리셨다. 그저 늘상 보이지 않는 작은 선善을 쌓고 복을 지으라 하셨다. 그것이 하늘이 주는 분복이요 부처님이 주시는 가피다.

특히 종교인이나 정치인에 탐욕이 화려한 이가 종종 있다. 정의와 민중을 위한 진정한 정치를 행하지 않으므로 '더러운 정치인' 이라며 혀를 끌끌 차고, 케케묵은 성현聖賢을 팔아 성현행세를 하니 '야비한 종교인' 이라며 고개를 썰레썰레 젓는다. 신문방송에서 주워 들은 풍월로 사사건건 비판하고 훈계하는 사람을 '주제 파악 못하는 지식인' 이라고 킬킬댄다. 이래저래 이 세상은 인간 요물들이 판치고 코치고 자치는 요지경 속이다.

참 요상하게도 이런 건, 학생시절 내내 무겁게 들고 다니며 숱하게 읽어댄 교과서나 참고서에는 참고할 만한 게 별로 없다. 그 많은 책들을 주입시켜 준 선생님의 가르침 속에도 거의 없다.

그러나 그 공부를 바탕으로 더 높이 더 멀리 끊임없이 공부해야 조금이라도 터득되는 지혜다. 문제는 끊임없이 자기를 공부시키는 의지를 가진 요물인간이 얼마나 되랴. 사람이 사람 되기가 가장 어려운 이유다.

끊임없이 새로이 사유할 수밖에 없다. 인간과 인생을 위해. 그리하면 겸손이 앞자리에 오게 된다. 요지경세상에선 한 사람이 잘나 봤자 벼룩이가 뛰는 만큼이다. 이걸 깨달을 만한 지혜라면 그는 사람다운 사람이다. 이러하니 사람답기가 참 어려운 것이다. 이만큼 나이 들어서 겨우 이만큼 밖에 모른다.

사람은 사람이다. 사람은 사람다워야 사람이다.

이희선 _ 지구문학 편집위원

널문리에서 외1편
– 판문점

띄엄띄엄 기어가는 분계선 흰 말뚝
누가 시퍼런 칼끝으로 금을 그었는가
대성동마을과 기정동마을이 마주 보이는 곳
높이 솟은 남과 북의 철탑 국기게양대
키 재기라도 하듯
두 동강 가슴 위를 짓누르고 있다
한 뼘 건너면 닿을 가슴에다
탕탕 말뚝 칠 때 비명 질렀으리

맞댄 이마 사이 마른 바람 서걱이고
눈초리와 눈초리 사이
고압선이 흐른다
잘린 미루나무도 *캠프보니파스도
말이 없다 말이 없다
저 돌아오지 않는 다리 위로
한 맺힌 망령들이나 오고 가리

사천강 줄기 따라 거슬러가는
눅눅한 봄바람
언젠가는 그들 가슴 녹여 주리라

*미루나무사건으로 희생된 미국 병사

돌밭에서

내 가슴에 품고 사는 돌밭 하나 있다
귀 대고 눈 감으면 떠오르는 고향강변
급물살 가로질러서 첨벙이던 아잇적 괴성
자갈밭에 가만가만 흐르던 웃음소리
구르고 굴러서 서강이나 남강이나
어디쯤 머물고 있을까 고만고만 내 또래.

태양

김문원 _ 지구문학 편집위원

햇살이 따스하다. 거실 창문을 투사한 햇살이 눈부시다.

가슴 속 포근히 스며드는 비단 같은 햇살이 환절기의 피부를 부드럽게 어르고 있다.

아침 식사 후, 연변댁과 나는 언제나처럼 남편 디저트dessert 준비할 때, 한 쪽씩 따로 담은 과일접시와 커피 한 잔씩을 들고 마주앉는다.

이런 시간이면, 마음도 풀리고 따스한 햇살이 혈관 속으로 스며들어 온 몸에 전류처럼 흐른다.

혈관에 스며든 아침 햇살이 어둡고 탁한 내 피를 걸러내어 해맑은 피로 바꿔놓는 순간이다.

이 어찌 무심히 넘길 수 있으랴. 내 혈관 속의 피는 따스한 햇살이 섞여서 돌고 있으며, 이처럼 걸러진 피는 새롭게 약동한다.

이런 날이면, 어느 주부를 막론하고 누구나 같은 생각을 갖게 되리라. 우선, 긴긴 겨울에 장롱 속 옷 가지를 꺼내어 말릴 수 있는 햇살에 대한 고마움이 앞서리라고 본다.

태양은 우리 인간에게 아무런 대가도 없이 무한정無限定으로 혜택을 주고 있다.

병실 유리창에 쏟아지는 햇살! 환자의 가슴에 얼마나 큰 설렘으로 눈부실 것인가. 어찌 그뿐이랴. 태양은 수많은 열매를 맺게 하여 생명을 가꿔가는 힘이 있지 않은가.

태양은 생명이다. 엄동설한嚴冬雪寒의 칼바람이 들녘에서 떠는 과수원을 휘갈겨도 태양은 여전히 따뜻한 햇살로 그 넓은 과수원을 보호하여 생명을 지켜주지 않는가.

태양은 철따라 사랑의 기氣를 불어넣어 꽃을 피우게 한다. 과일을 영글게 하고, 날마다 부드러운 햇살로 영양가를 듬뿍 안겨준다. 이처럼 태양은 지구상의 모든 생명에 대한 근원이 되고 있다.

태양열이 어느 한 순간만이라도 단절된다면 지구상의 모든 생명체는 일시에 냉동이 되어 죽어갈 것이 아닌가.

이런 것을 생각할 때, 태양은 단순한 고마움을 넘어서서 어느 절대적인 관계에 있다고 본다.

지금 이 시간에도 커피 향을 맡으며 아름다운 빛깔을 즐기게 하는 것도 태양이 아니던가.

엄청나게 고마운 이 모든 혜택은 오직 태양 빛의 사랑인 것이다.

우리들의 생활은 오로지 태양! 태양의 출몰에 따라 낮과 밤이 구별되어 생生의 묘미를 가져왔고, 우리가 살아가는 데 필요한 에너지energy의 거의 전부를 태양의 사랑에 의존하고 있는 것이다.

태양아!
생명의 햇살!
사랑스런 햇살!
은혜로운 햇살!
이 아침, 나는 따스한 햇살을 받으며 감사 또 감사하고 있다. 이 햇살이 온 누리에 고루고루 눈부시게 쏟아지고 있겠지. 아낌없이 쏟아지고 있겠지.

벌써 10시가 되어간다. 이제 커피잔을 치우고 화실에 나갈 채비를 해야겠다.

신인호 _ 회장

흔적 외1편

흘러가는 시간 속에
사라지는 것들

망각의 뒤안길을
굳이 헤집어
꺼내는 새봄

머리칼 스쳐간
한 올 실바람일 뿐인데
목련꽃 필 때마다
거센 회오리로 엉겨 오는지

늙지 않는 그리움
화석이 되어
서 있는 동구 밖

봄 뜰에 노을이
내리는 저녁
산속에 새소리 불러 숨긴
목련 향기로 두고 싶다

그린공원

이별의 손처럼
싸늘해 가는 그린공원
감기를 앓고 있다

열병 뒤에 빠지는 머리칼처럼
뒤엉킨 나목의 뿌리에
발등이 걸린다

목에 걸린 가시같이
골짜기 흐르는 물에 걸려 있는 솔잎들
나무를 흔드는 찬바람 소리는
산의 바튼 기침

눈물처럼 떨어지는 솔방울에
눈치 없는 다람쥐들이 맞고 있다

허기진 산비둘기 울음
때마침 밀려드는 저녁을 흔든다

김기명 _ 부회장

작은 바다를 낳는다 외1편

바다가 작은 치마폭을 거두면
없는 듯 모래톱 사이로
모습을 감추는 모시조개
조개가 사립문 닫고 곤한 잠 빠졌다가도
찰랑찰랑 밀물소리에 잠깨어
어머니 품 같은 바다에 안긴다
그리고 오장육부에 쌓인 근심들은
간수로 토해낸다

조개는 하루에 두 번 하늘을 품고
보석의 작은 바다를 낳지만

사람은 밀물썰물 들락날락하다 보면
인성의 패각만 두터워지고
비대한 몸집 부챗살 같은 주름만 늘여간다.

단풍노을

초췌해진 늦 시월 햇살 너울 타고
단풍노을 장엄한 화음으로 흘러내린다
능선마다 앞서거니 뒤서거니 숫구치는 불길, 불길
낮은 데로 강림하라는 그 소박함
말씀대로 따라가는, 따라만 가는
저 능선 너머엔 필경
반겨줄 큰 님 한 분 계시기에……

임춘식 _ 부회장

생각해 봐도 외1편

삶이란
주기도 하고
받기도 하고
나누고 기다리고
반기고 보내는 것

그래
때론 '덕분에' 살고
때론 '때문에' 사는 거지

세월은 작은
미련을 가진 마침표이고
사랑은 희미한 기억 속에
있지만
그래도
옛날은 아름다운 것

삶이란
끊임없이 얼굴에 쌓인
먼지를 닦아내는

일상이었지

기쁘면 기쁜 대로
슬프면 슬픈 대로
있으면 있는 대로
없으면 없는 대로
아쉬우면 아쉬운 대로

한 평생 살아가며
만나고 헤어지는
꽃처럼
마음 깊이 향기만을
남기고 가네

작업

이것은
나의 고백서요
삶의 계산서다

삶의 지혜는
어제 다르고
오늘이 다른
지금 가지고 있는 것을
즐기는 것이다

눈으로 보는 것만 아니라
가슴으로도
삶을 볼 줄
아는 나이

여자는 남자가 되고
남자는 여자가
되어 가는 나이

느림이
빠름을 이기는 나이지만

매일 매일 하루라는

선물을 받고 싶어
잠 속에서
축복이 열매를 맺는다

아무 것도 보지 않고
아무 것도 듣지 않는 것만이
진실로 내가 원하는 것

이 세상
내 뜻대로 되는 것은
아무것도 없더라

백활영 _ 부회장

숭어 외1편

지질이도 못난 놈
병신
쪼다

어물전 가판대 위에
나란히 누워 핏발 선 눈으로
나를 노려보는 숭어 세 마리
나는 섬뜩 눈길을 피한다

아니 저놈들이 어떻게
이 시장바닥까지 쫓아와
나를 성토하고 있단 말인가

「가난이 하루 세끼 중
한두 끼는 대신해 주던 학창시절
담임선생님의 깊은 은혜에 보답으로
선생님 댁의 부엌에 몰래 놓아두고 온
숭어 세 마리, 그분 모친의 간곡한 청에도
'출처를 알 수 없는 고기는 먹어선 안 된다' 는
우리 총각선생님의 굳은 청렴정신으로 그것들은

전혀 다른 냄새를 풍길 때쯤 쓰레기더미 속으로 진멸되었다」

이 비보를 접한 뒤로 이실직고하지 못한 못난 놈 이야기는
여전히 바다 속에서도 가십거리가 되어 있는지
수 십 년이 흐른 지금 여기 누워 나를 성토하는
저 기특한 놈들, 저놈들은 그때 그 숭어의 수대
후손 아니면 그 친구들의 후손의 후손일지도 몰라

뉘앙스

맛있는 것 같아요
좋은 것 같아요
예쁜 것 같아요

넘사벽, 듣보잡, 맨붕, 엄친아, 수도 없이
허리 잘린 동강난 언어들이 통통 퉁기고
손가락 끝에서 4차원의 세계가 명멸되며
어제가 수십 년 전으로 거슬러 지나버린
이 별안瞥眼의 콩 튀기는 속도전 속에

맛있는 것 같아요
좋은 것 같아요

맛있으면 '맛있는 거고' 좋으면 '좋아요' 지
'…같아요' 같은 더디고 애매미지근한 말투
마무리 부실한 공사 뒤끝의 꺼림한 기분으로
늘 한쪽 옆구리가 시리고 허전했었는데

어느 날 새삼 귀 간질이는 그 똑같은 '…같아요'
옷고름 고이 물고 고개 숙인 조선 새아씨처럼
그 말 속에 묻어 퍼지는 겸손함과 부드러움
그리고 호기심마저 불러일으키는 신비로운 여유

윤수아 _ 이사

스마트폰 유감 외1편

스마트폰은 정말 스마트할까?
거리의 풍경이 가관이다

귓속에 달팽이 기어다니고
눈동자는 사시斜視가 되어
한곳으로만 집중되고
들려도 못 들은 척
봐도 못 본 척
그저 손가락놀림에만 몰입하는
중증 장애를 가진 사람들

살갗에 무슨 주문을 넣었기에
닿기만 하면 저리 조화를 부리는가!

분신焚身한 우주의 잔해 속에서
거미줄에 얽힌 언어를 찾으려다
씽크홀 속으로 추락한다

스마트폰으로 우린
무엇을 얻고 무엇을 잃었을까

스마트폰은 정말 스마트한가?

환승역에서

빠져 나간 시간들을 철길 위에 얹고
열차는 숨차게 달린다.

목구멍 깊숙이
불규칙한 파열음을 토해내면서
목 쉰 울음을 삼킨다.

저 평행의 레일을 이탈하지 않으려
얼마나 많은 시간을 달려 왔는가

집표함에 승차권을 던지고서야
돌아가고 싶은 욕망이
뜨겁게 흐르고 있었음을 알았다

플랫폼 낡은 나무의자로
찬 바람 한 줄기 훑고 지나간다.

레미제라블

홍재숙 _이사

아무리 애달픈 영화라도 꿈쩍 않던 내가 눈물을 주르르 흘렸다. 그것도 줄줄. 영화 끝머리에서 드디어 눈물샘이 열려 흐르는 대로 내버려 두었다.

'Look down, Look down…….'

첫 장면부터 흘러나오는 웅장하다 못해 비장한 죄수들의 합창소리는 앞으로 전개될 영화의 주제를 긴박하게 암시하고 인권유린의 실상을 보는 나는 그 처절함에 몸서리를 친다.

어찌 사람의 힘만으로 저리 거대한 함선을 끌어당길 수가 있는가. 수백 명의 헐벗은 죄수들이 어깨에 굵은 동아줄을 걸고 채찍의 감시를 받으며 오로지 맨몸으로 기울어진 함선을 항구로 끌어 잡아당긴다. 이때 울분에 찬 노랫소리는 음표를 송곳처럼 일으켜 세우고 비탄은 절망의 합창이 되어 죄수들 머리 위를 너울거린다. 뮤지컬영화의 강렬한 흡인력이다.

장발장역의 휴 잭맨은 엉기성기 짧게 자른 머리에 세월이 길러준 덥수룩한 턱수염의 얼굴로 세상을 향해 짐승처럼 울부짖고 '레미제라블' 의 영화 제목처럼 비참한 민중들은 영화 속에서 거친 숨을 쉰다.

최첨단 영상 기술은 19세기 프랑스 파리 민중들의 처절한 표정을 가까이 클로즈업해서 집단군중의 헐벗은 모습을 공포로 보여준다.

영상은 삶의 나락으로 떨어진 절대빈곤의 슬픔을 끝간 데 없이 펼쳐놓아서 나도 프랑스혁명의 태동기로 날아가서 영화 속의 한 점이 되었다.

생존에 필요한 한 덩이의 빵을 구하려고 파리 시민들은 어른 아이 할 것 없이 전쟁 같은 삶을 거리에서 살아낸다. 여기에 국가의 녹봉을 먹는 자베르경감을 태운 마차는 기득권의 상징인양 요란한 채찍소리와 함께 맹렬하게 달려가고, 차디찬 지하도로에 옹송거리고 모여 있는 민중들은 마차를 피해서 물결에 휩쓸리듯 양쪽으로 갈라진다.

이윽고 마차가 통과하자 부자들이 사는 지역을 경계짓는 철문이 나타나면서 도시빈민들은 철벽처럼 가로막힌 쇠창살을 부여잡고 빵을 달라고 절규한다. 빵 한 덩이 훔친 죄목으로 19년의 옥살이를 했던 장발장 같은 또 다른 장발장들이 생존을 위하여 울부짖는다.

소수의 특권층이 그들만의 천국을 이루고 사회 전체가 지옥같이 궁핍한 국가는 결국 몰락의 길을 밟게 된다. 프랑스혁명도 이렇게 민중들이 오랫동안 권력의 횡포 속에서 참혹한 굶주림을 겪어 왔기에 필연적으로 일어날 수밖에 없었던 사회혁명이었다.

'잘 산다' 라는 정의는 무엇일까. 그것은 21세기인 지금도 여전히 '밥' 의 문제이다. 하루 밥 세 끼니를 아무 걱정 없이 먹으면 그 것으로 안분지족이다.

그런데 사람의 마음은 만족이 없어서 '밥' 을 구하면 또 다른 물질에 욕심을 낸다. 집안에는 사람 대신 가구가 공간을 점령하고 옷장은 빽빽한 옷들로 숨쉬기 힘들어 한다. 그런데도 사람의 욕심은 끝이 없어 욕심은 또 다른 욕심을 낳고 유행은 새로운 유행을 만들며 소비를 부추긴다.

그러면서 가슴 한 편으로는 불확실한 사회변동으로 그나마 유지하고 있는 삶의 질에서 추락이라도 할까봐 불안해 하는 것이 우리네 인간이다.

산소를 뿜어주는 개화산과 고즈녁한 공원이 가까이에 있어 아름다운 우리 동네도 삶의 애상이 흐른다. 아파트 숲과 상가거리 사이의 좁은 이면도로가에 자리 잡은 술집거리는 언제나 망치소리가 요란하다.

부자가 될 꿈을 가졌던 누군가는 폐업을 하고 부자가 될 꿈을 가진 누군가는 개업을 한다. 그리고 여전히 술집골목이라는 명성 때문에 일상에 지친 사람들은 몰려든다.

비 오는 날 거리에 서서 간판을 새로 바꾸는 인부들의 작업을 한동안 바라본 적이 있었다.

그때 열정으로 빛나는 젊은 새 주

인의 얼굴을 보며 나는 그의 앞길이
순조롭기를 빌었다. 그때 가슴으로
시가 스며들어 왔다.

빗방울들이 헐레벌떡 뛰어 들어와
유리창에 부딪친다

곧은 길을 만들다가 엉클어져
샛길로 오불꼬불 빠져드는 물방울들
우리네 삶도 저러하지 않은가

순한 길을 골라 가도
울퉁불퉁 복병처럼 가로막고
한참 가다 뒤돌아보면
지나온 길은 까마득하게
몸을 숨긴다.

물방울 인생길을 안은
저 순수의 가슴

다시 장면은 판틴역의 앤 헤서웨이
가 거리의 여자로 떨어져 절망을 헤
매는 영상을 보여준다. 주인공 장발
장과의 운명적인 만남의 시작이다.
장발장은 판틴과 그녀의 딸 코제트
를 통하여 헌신적인 사랑과 박애를
보여준다.

"보고 싶은 영화 있으면 골라봐."
하고 선택권을 주었을 때 주저 없
이 '레미제라블'을 택했던 고등학생
제자의 어깨가 점점 옆으로 기울어
진다.

나는 나의 눈이 젖어 스멀스멀 하
던 중인데 공부에 지친 소녀는 프랑
스혁명가 소리도 자장가로 듣는다.

"자니? 눈 떠봐. 지금이 핵심이야."
소녀는 아니요, 하며 어깨가 반듯
세워지다가 이내 스르르 무너진다.
'그래. 네 몫까지 내가 두 배로 감동
을 받을게.'

마침 화면은 끈질기게 쫓아다니는
자베르 경감의 목숨을 구해주는 장
발장의 모습을 비춰주며 '인간에게
용서란 무엇인가'를 묻고 있었다.

박완규 _ 이사

고향으로 가련다 외1편

국화 향기 그윽히
바람에 휘어 잡히는 고향
가련다
말없이 가련다
푸른 꿈 안고 넘나들던
목마른 고개 넘어
황토밭 파고 일구려 가련다
뼈만 묻으려 가련다
다시
돌아오리란 기약 없지만
세월 탓하지 않고
가련다
훌훌 털고 가련다
모든 것 버리고
떠나는 심사 아쉽지만
가벼운 발걸음으로
내 고향 찾아 가련다
마음 밭 가꾸려
가련다
말없이 가련다

당신을 만나고 나서

당신을 만나고 나서
마음의 숲이 우거지기
시작했습니다

사랑을 푸르게 지켜줄
늙은 소나무들도
눈보라에 버티고 있습니다

푸른 나무 끝가지에
꾀꼬리 한 마리 날아와 앉아
노래 부르고 있고

꽃사슴들도 나란히 뛰어와
정답게 거닐며
노닐고 있고

당신을 만나고 나서
우거진 숲이 생겨
모든 것이 풍성해졌습니다

한경선 _ 이사

방황의 무늬 외1편

노마디즘이 놓쳐 버린
내 마음 속 방황의 무늬
진주처럼 가둬서 키우렵니다.

일생 동안 비밀만 먹고 사는
시푸런 방황의 무늬
필사적으로 남몰래 가꾸렵니다.

죽어서도 당신 앞에 풀어놓을
내 방황의 무늬.

내가 가고 싶은 길

나의 끝남은 당신이 있는 아슬한 수평선
가는 길 난파선도 슬픔도 주지 마셔요

나의 종착역은 당신이 있는 꿈 속 같은 요람
가는 도중 울음도 고통도 주지 마셔요

항상 그랬듯이
푸른 파돗소리 속에 눈썹처럼 잠재워 주세요

금동원 _ 이사

바로보기 외1편

무뎌진다는 것은
한 치의 오차도 없이 가다듬던 의지를
버리기 시작했다는 거다

뭉툭해졌다는 것은
희로애락의 손길이 빚어낸 인내가
제빛을 발하기 시작한 것이다

얽혀서 꼬여 버린 삶의 지향점들이
한 곳으로 모여들며
단순하게 흐르기 시작하는 날

힘이 빠져 느슨해진 작은 우주의 떨림
비로소 투명해져 맑고 향기롭게
세상 바라보는 놀이가 재미나다

백두산 가는 길

초록이 가득하다
장중한 하늘빛과 맑은 기운이
자작나무의 사열을 받으며

한라에서 백두까지 경건하게 달려온
후손들을 넉넉히 보듬어 품는다

염원의 길
집요한 그러나 부드러운 성공
한 걸음, 한 걸음
한 마음, 한 마음
백두대간의 환희로운 능선 따라
큰 희망을 위한
모든 에너지가 모여든다

끝이 없어 보였던 긴 여정도
인간의 소박한 꿈과
자연의 위엄이 섞여
가슴 벅차게 묻어두었던 꿈과 영광을
더욱 빛나게 한다

굴곡지고 탁한 삶이여 모두 떠나라
드넓은 이 땅에 세웠던

정결하고 원대한 광개토왕의 발자취와
고구려의 숨결이 살아있는 길
우리의 환한 미소와 닮은 햇살이 눈부시다

虛老의 斷想

주진호 _ 이사

한해를 멀거니 살아온 메마른 흔적들을 다시 되돌아보게 되는 어수선한 마음은 항상 늦은 후회 속 삶으로 허전하고 쓸쓸하게 느껴지기도 한다.

벌써 망구望九를 넘은 나의 삶은 산술적으로 익숙하지 못한 아둔한 삶이였지만 그래도 곧 다가올 갑오년甲午年의 거미줄 같은 희망을 잡고 근심 걱정은 삶의 본능적 욕구에서 아직 것 벗어나지 못하고 여러 갈래로 마음 속에서 펄럭인다.

더욱이 올겨울은 예년에 비해 추위가 빨리 오고 더욱 추우리라는 기상청의 예보가 현실로 다가오니 걱정은 더욱 포개진다.

그리고 채 한 장도 남지 않은 달력을 보면서 나는 다시금 허로虛老의 아쉬움에 잠겨 보기도 한다.

시간의 무한성 개념에서 삶의 매듭을 이어가는 우리의 마음은 자신의 유한한 생명을 인식하면서도 무한을 향한 끊임없는 욕망은 그칠 줄 모르고 키워간다.

때로는 회의론적 주관성과 상대적 객관성에서 자기 성찰이나 극복을 위한 끊임없는 노력을 하기도 하지만 문제는 우리에게 주어진 한정된 시간과 공간 속에서 무한의 것을 추구하지만 이는 성취욕을 위한 기본은 도덕적 가치를 통한 생물학적 욕구의 한계를 초월할 수 있을 때 가능하리라 생각한다.

하지만 인간은 영원히 만족할 수 없는 욕망으로 항상 불만스러운 삶을 살아가는 존재이기에 이를 깨우

처 자신의 분수를 알면 욕되지 않고 위태롭지 않은 삶을 살아갈 수 있을 것이다.

이 세상은 우리의 필요를 위해선 모든 것이 충족될 수 있지만 탐욕을 위해선 항상 부족한 것이 자연의 실상이요 진실이기도 하다. 또한 이 세상 죄의 원천은 지나친 이기적 욕심에서 비롯된다는 사실이다. 그러므로 모든 불행 역시 지나친 욕심과 지혜가 부족한 산물이라고 본다.

성경 말씀에도 "욕심이 잉태한 즉 죄를 낳고 죄가 장성한 즉 사망을 낳는다"고 가르치고 있다. 아무리 많은 돈과 강한 권력욕을 이루었다 하더라도 죽음이란 마침표를 보는 순간 무릎을 꿇게 된다.

그러나 사람은 생명이 있는 한 욕망을 따르게 마련이지만 다른 동물들은 종족 보존이나 개체 유지를 위한 욕망으로 최소화하지만 인간만은 무한한 욕망을 충족시키려는 탐욕에서 사람이나 자연 사이에서 자주 불협화음으로 인한 충돌과 불행을 유발하기도 한다.

더욱이 현대 문명은 과학적이고 경제논리로 발전하였기에 각종 용품이 과학적이고 경제적으로 발전되면서 이를 소유하기 위한 가치의 등가물인 「돈」에 대한 욕망과 집착은 치사

하리만큼 강한 것이 현대 사회 대부분의 구성원들이 갖고 있는 배금주의적 잘못된 가치관이 접목된 결과가 아닐까 생각한다.

신은 우리 인간을 극진히 사랑하셔서 만물 중에 오직 인간에게만 값진 영혼을 주셨고 또한 자유까지 허락하셨지만 현대인의 대부분은 이에 동의하지 않으면서 자유(어쩌면 방종일지도)와 욕망을 마음껏 누리려고만 한다.

그러나 온전한 자유를 누리려면 지나친 자신의 욕망은 억제할 수 있는 용기가 있어야 한다. 그리고 영혼을 소유한 인간이라면 자신만을 위한 삶보다는 이웃과 더불어 사랑을 나누는 순간부터 영원을 향한 신과의 깊은 사랑으로 맺어질 때 우리의 삶은 뜨거운 사랑의 열기로 더욱 더 성숙될 것이다.

존 스타인백은 "우리의 영혼은 그저 하나의 조각에 불과하다. 다른 사람의 영혼과 합쳐져 하나가 되지 않으면 아무런 의미가 없다"고 말을 하였다.

하지만 나이든 노년엔 대개 심신이 나약해지면서 삶의 가치 창출은 물론 이성적 판단 역시 흐트러지면서 내일의 삶마저 예측할 수 없는 불안한 마음은 육신마저 병약해 거동도

불편하다 보니 오직 지난날의 추억을 더듬으며 노스텔지어(Nostalgia: 지난날이 그리워지는 마음)만이 메마른 마음을 잠시 풀어 줄 뿐이다. 추억은 아름답다는 말처럼……

그러나 때론 지난날 잘못된 결과에 대한 때 늦은 후회 속에 마음을 안고 여생을 자식이나 이웃의 눈치를 보며 살아가야 하는 뭇노인들의 딱한 현실을 숙명으로만 여길 수야 있겠나.

그리고 볼 때 "관찰자의 입장에 따라 관찰 결과는 다르지만 우주의 모든 것은 보편적인 법칙의 지배를 받는다."라는 아인슈타인 박사의 이론으로 보면 모든 생명체 역시 생성 소멸의 순환법칙에서 예외일 수 없을 것이기에 인간 역시 출생과 생성, 소멸(사망)의 천리에 순명할 수밖에 없으므로 삶은 물론 주검 역시 부드럽고 조용한 미소로 받아들일 수 있는 복 된 순간을 기대해 본다.

이런 마음 역시 주검의 순간까지 부리는 욕심이 아닐까 싶기도 하다.

이정희 _이사

사랑치 외1편

인연을 향한 마음은
긴 밤을 홀로 헤매인다
살아서 만나지 못할까 봐

잊혀진 추억을 잡아 당겨
기억을 되살리려 애쓰지만
너와 난

씨줄과 날줄의 끝자락을
맞잡고 있는 건 아닐까

힘들고 고단한 나날
오직 그대를 향한 소망
이곳과 그곳의 차이
결국 우린 장승 같은
사랑치일지도 모른다

봄은 오는데…

자동차들은 빠르게 달리고 있다
바람에 등 떠밀려

오지 않을 것 같은 봄은 오고 있다
삼월의 백설 속에서

노오란 미소 머금은 개나리
수줍게 꽃망울 터치는 벚꽃
환호성 지르며 늘어서 있는 은행나무

계절은 어김없이 돌아오고 있는데…

가슴 깊이 묻어 버린 추억
봄바람에 고개를 든다.

김진섭 _이사

백담사 옛 길 외1편

바람도 가람도 낯선 만해마을
벽체도 없이 휑뎅그렁한 시멘트 바닥의 법당
휑하니 뚫린 벽 사이로 비바람이 들랑거리고…

설악산 용암처럼 거무칙칙한 석불
홀로 촛불 한 개 켜 들고
침침한 내 눈 앞에 다가온다

호박잎 같은 그 손바닥 위에
원융圓融*이 돌아간다
얼떨결에 백팔배하려는 내 머리를
비룡폭포가 뒤흔들고
좌선하려는 나를
한계령 여울이 밀쳐낸다

만해사 돌부처님이 가리키는 강 건너 저편
잊혀진 옛 병영터엔
해묵은 잡초더미가 소나기로 일어서면서
노병을 향해 법문 외우며 합장한다

*원융 : 일체의 여러 법의 사리(事理)가
구별 없이 널리 융통하여 하나가 됨.

꿈결에서 만나다

그때는 그랬었다

콩깍지로 새벽 군불 지필 때
깍짓동 같은 갈망은 아궁이 속 불꽃으로 타오르고
얼음사탕 같은 연기로 피어 올랐었다

장작불로 토조막사土造幕舍*를 데울 때
시뻘건 불꽃이 김일성 찬양 스피커에 흔들리며
자작나무 껍질에 붉은 지도**를 그렸었다

부활절 종소리가 귀에 걸리고
솟아오르는 새 날을 향해 눈을 감는다

반달이 텅 빈 내 그림자를 쓰다듬던 그 날을
가끔씩 꿈결에서 만난다

*최전방 산등성마루 밑 땅 속에 지은 주거시설.
**군 작전 지도 위에 적군 부대와 접근로를 적색으로 표시함

배효전 _ 이사

새벽은 아름다워라 외1편

맑은 산 냄새 들 냄새 찾아와
창을 흔들어 깨우는
새벽은 아름다워라

그분의 품에서 깨어난 영혼들
하늘을 가슴에 안고 달리는 초원
새벽은 아름다워라

생수의 샘 맑은 바가지
하늘로부터 내리는 만나로
갈급한 영혼 생기로 충만해지고

한 통씩 하늘 메시지를 받고
소망의 꽃이 가슴마다 피어나는
새벽은 아름다워라

가을 나들이

푸른 물 뚝뚝 흐르는
단풍잎 물든 하늘 아래

어디멘가에 있을
가슴 맑은 영혼아

풀벌레 소리도 들으며
계절이 흐르는 소리도 들으며
들국화 혼신을 다한 짙은 향내로
가슴을 적시며

어디멘가에 있는가
가슴 맑은 사람아
한 줌 시어를 알밤처럼 주우며
오늘은 함뿍 하늘을 마시자

최전엽 _이사

인사 외1편

오늘 아침 그 사람 안 보이네
119로 실려 갔다 하네
"밤새 안녕하셨습니까"
승강기 안 하루 시작을 이렇게 드렸는데

풀 한 포기 꽃 한 송이
허투루 피지 않듯
길가 돌 틈에
한 모금 이슬이 간절하듯

"저녁 드셨습니까"
한 날 마감도 이렇게 드릴 때
닥닥 긁어서라도
앙가슴 나누고 싶었었는데

애옥살이 오죽했으면
더러는 비아냥거리겠지만
넘치는 세상이라도 먹고 사는 것
허투루 하는 인사 아니었는데.

향기 나는 집*

탁상엔 늘 들꽃이
잔잔히 깔아놓은 경음악
가슴이 젖고 싶은 향기 나는 집

쪽문 열면 먼저 들어가는 햇살
허브 향 국화 향
한단 계단에서 기웃거리는 집

찻잔 비우고
누군가 만나 사랑하고 싶은
느낌으로 기다리면 꼭 오는 집

새처럼 두셋 모여 세상 이야기
고즈넉이 메모판에 남기고
문 열면 먼저 나가는 바람

버스에서
차창 밖으로 언뜻 스친
마음 두고 아껴둔 찻집 하나 있다

*찻집 이름

이병학 _이사

여행 단풍닢 외1편

참새가 새벽부터 조잘조잘
가지마다 입질하며 아침을 열었다.

뽀얀 안개로 세안하고
고운 빛 단장을 끝낸
단풍닢이 나들이를 떠난다.

고요한 안개가 맺어 논
이슬을 따라
한 닢이 주르르 내려가고

아침 참새 기지개 날갯짓에
한 닢이 부르르 날아가고

꺼억꺼억 목청 가담는 기침소리에
또, 한 닢이 파르르 달아난다.

갇힌 세상, 누른 맘을
고운 단풍닢 떠나는 길에
주저리 주저리 들려 보내니

비고 너른 가슴 바다
혈이 흐르고
시든 얼굴 주름 골에
웃음꽃이 피어난다.

겨울 난방

옅은 하늘 밭에
풀어진 구름으로
누그러진 날씨 마음.

여유로운 동녘
눈부신 햇살을 향하여
지긋이 감은 눈 속에서
뜨겁게 이글거린다.

붉은 덩어리 덩어리가 번져가며
기운찬 가슴을 펼치고
솔솔 사랑을 피운다.

오늘은 사랑으로 난방을 한다.
무공해 친환경 따뜻한 겨울나기
내 안에 있다.

그 안에 나눈다.

갖고 싶은 것이 무엇입니까?

— O. 헨리의《크리스마스 선물》를 읽고

최미려 _이사

일주일에 8달러를 쓰는 것과 1년에 백만 달러를 쓰는 것은 어떤 차이가 있을까? 본문 그대로 옮긴 헨리 단편 소설 「크리스마스 선물」에 나오는 질문이다. 수학자나 현자賢者에게 물어본다 해도 옳은 답을 얻을 수 없을 것이라고 했다. 짐작컨대 돈으로는 따질 수 없는 어떤 가치를 묻는 질문인 듯하다.

어린이에서 청소년으로 수식어가 달라질 중학교 입학을 앞둔 겨울이었다. 겉장이 다 뜯겨져 나간 '소년중앙' 인가 하는 지나간 잡지를 읽고 있었다. 나에게 잡지는 별세계였다. 예쁜 캐릭터로 꾸며진 상품선전부터 귀퉁이에 그려진 작은 삽화까지 다 볼거리였다.

그 안의 정보를 외울 듯이 찬찬히 봤다. 이미 몇 사람의 손을 거친 뒤라 없어진 부분도 많은 책 속에서 온전한 단편소설 한 편이 눈에 띄었다. 작자가 누군지도 모른 채 읽었던 「크리스마스 선물」 몇 번을 읽고 또 읽었다. 사랑하는 사람을 위해 자기의 가장 소중한 것을 바친다는 사실이 가슴 벅찼다.

어른들이나 느끼는 감정을 이제 나도 공감하고 있는 것이라고 생각했다. 아! 사랑이 무엇인가. 나만의 책으로 만들어 간직하기로 했다. 자개가 모서리마다 박혀 있는 밥상을 책상삼아 필사를 시작했다. 몇 편의 시도 베꼈다.

크리스마스를 앞두고 그 해 겨울을 그렇게 보냈었다.

'1달러 87센트. 그것뿐이었다' 로

소설은 시작된다.

가난한 부부 델라와 짐은 집세가 1주일에 8달러인 방에서 살고 있다. 크리스마스는 다가오고 델라는 사랑하는 남편에게 선물을 주고 싶은데 돈이 없다. 고민 끝에 자신의 자랑거리인 긴 머리카락을 팔아 남편의 선물을 사기로 한다. 바로 남편의 금시계에 장식할 시곗줄이다.

한편 남편도 대대로 물려받은 소중한 금시계를 팔아 아내의 아름다운 머리에 치장할 보석이 박힌 핀을 선물로 준비한다. 만약 애니메이션 영화로 만들어 상영한다면 아이들은 소리칠 것이다.

'안 돼! 머리카락을 잘랐단 말이야.'

실제로 본문 중에 '여러분, 정말 엄청난 일이겠지요?' 하고 작가가 느닷없이 독자에게 질문한다. 10초쯤 다른 이야기를 하겠다고 하면서 말이다.

다시 한 번 읽은 O. 헨리의 단편들 속에 이런 장치들이 아주 흥미 있었다. 트위스트 기법이라고 하는 반전의 결말도 알고는 있었지만 여전히 감동이었다.

대표적인 「마지막 잎새」 같은 작품에도 위트가 숨어 있다. 그의 유머는 따뜻하다. 곧 죽을 것이라고 생각하는 존시가 방금 다녀간 의사가 뭐라 하더냐고 물었다. 의사는 친구가 살아날 가망은 열의 하나라고 비관적으로 말했었다.

그러나 친구는 이렇게 전한다. 살 가망성이 하나에 열이래…….

O. 헨리의 작품들은 워낙 유명해서 실제로 읽어 보지 않았는데도 읽은 듯하다. 오래 전에 읽어서 기억이 나지 않은 건지도 모르지만. 그리고 주제만 기억한다면 놓치는 문장들이 많다.

이 소설의 원제는 「현자의 선물 (The Gift of the Magi)」이다. 제목이 왜 「현자의 선물」일까? 작가는 작품 끝에서 동방박사의 세 가지 선물에 대하여 쓰고 있다. 우선 크리스마스에 선물하는 풍습을 만들어 주어서 고맙다고 했다.

실제로 구유 속의 아이에게 줄 선물을 서로 겹치지 않게 의논하여 가져갔으니 현자들이라고 했다. 뒤이어 서로의 보물을 희생시켜 선물을 준비한 유치한 부부의 이야기를 했다고 하면서 현대에서는 그 두 사람이야말로 진정한 현자들 이라고 강조한다.

일주일에 방세를 8달러내는 사람이나 일 년에 백만 달러를 쓰는 사람이나 서로의 사랑을 확인시켜 줄 선물을 준비하는 데는 차이가 없다는 이야기다.

여기 또 다른 현자들을 소개하고 싶다. '갖고 싶은 것이 무엇입니까?'라고 대놓고 물어 보는 우리 아이들이다. 올 생일에 파카 만년필을 아이들한테 선물로 받았다.

평소에 이건 내가 살 것이 아니라 누군가에게 받고 싶다 하는 종류가 있는데 종교적 성물이나 문구류가 그렇다.

아이들은 이번 생일에 무엇을 사 주었으면 좋겠냐고 물었고 만년필이라고 대답했다. 거기다 한 술 더 떠 어디 제품을 원하느냐고 구체적으로 묻기에 옛 생각에 파카라고까지 말한 것이다.

다소 고가이니 둘이 돈을 모아서 사기로 합의한 모양이다. 현자들의 선물이 되고도 남는다. 갖고 싶은 물건에 배려까지 받은 나는 행복한 사람이다. 내가 꼭 필요한 것을 받았고 두고두고 의미를 담아 쓸 것이기 때문이다.

반구정 伴鷗亭

정기용 _ 이사

반구정은 황회 정승의 사적지로 유명한 명승고적이다.

반구는 '갈매기를 벗삼는다' 는 뜻으로 정자는 임진강이 내려다보이는 기암절벽에 위치하고 푸른 물이 아래로 굽이쳐 흐르며 송림이 울창하여 좋은 풍경을 이룬다.

나는 마음이 울적하거나 좋은 일이 있을 때 자가용으로 자유로를 드라이브하여 가끔 이곳을 찾는다. 자유로에서 임진각을 가다가 문산(단동) 인터체인지에서 사목 방면으로 진행하다 보면 황회 선생 유적지가 보인다. 이곳에 들어서면 넓은 주차장 입구에는 안내 표시로 방문객들을 맞이하고 안으로 들어가면 방촌 기념관이 보인다. 기념관에는 선생의 삶에 대한 일대기와 사상 일화 등을 한눈에 볼 수 있는 자료들이 전시되어 있다.

조각문을 들어서면 넓은 잔디에 방촌의 유적들이 눈에 띈다. 좌측의 영당影堂은 기념물 제29호로 선생 유업을 기리기 위해 후손과 유림들이 영정을 모시고 제사를 지내는 곳이다. 우측으로 약간 높다랗게 위치한 곳에 반구정이 보인다. 이곳은 관직에서 물러나 갈매기를 벗삼아 시를 읊고 여생을 보낸 장소다.

임진강 기슭에 세워진 정자는 6.25 전쟁 때 불타 없어진 것을 후손이 복원하였고 내부에는 조선 중기의 문신이며 학자인 허목 선생이 지은 '반구정기' 현판이 걸려 있다.

정자 주변의 풍광이 잘 묘사되어 있으며 그 옆에 양지대가 있다. 육각

형 정자로 오직 선善만을 보배로 다른 마음이 없다는 뜻으로 세운 정자다.

또 유덕을 우러르는 마음을 담은 한 신하가 있어 우뚝하게 솟은 산처럼 모든 백성이 쳐다본다는 양지대는 황희 정승의 정신인 인仁을 그대로 나타내고 있다.

황희는 호가 방촌厖村 시호는 익성공翼成公으로 87세에 벼슬길에서 물러나 말년을 유유자적하며 평생을 청백리로 살았다. 유배를 몇 번의 다녀오고 서인으로 강등되는 등 편치 않는 생활을 했으나 영정과 동상이 유적지 안에 있어 그를 기리는 사람들의 발길이 끊이지 않는다.

나는 조선왕조에 훌륭한 재상을 꼽으라고 하면 주저없이 방촌선생을 추천하고 싶다. 비리와 부정으로 얼룩진 오늘날에 아름답고 청렴하게 삶을 산 황희 정승이 돋보이기 때문이다. 조선 500년 역사에 이 분만한 청백리 인물이 또 있을까 싶다. 조선왕조에 청백리 128명 중 특히 깨끗하기로 유명한 황희, 허조, 상지대감 세 분이 있다.

방촌은 세종시절 18년 동안 영의정을 지내며 훌륭한 치적과 많은 일화를 남겼다.

근세近世 역대 대통령을 보면 금전비리에 연루되어 명예를 추락시키는

지금에 방촌과 같은 청백리는 공직의 높은 벼슬아치들이 본받아야 되지 않나 싶다.

어느 날 미복微服 차림으로 황희 집을 찾은 세종은 그의 청빈한 삶에 감탄한 일화가 잘 알려져 있다. 한 나라의 정승 집에 멍석을 깔고 있었을 뿐만 아니라 먹던 밥상에는 누런 꽁보리밥과 된장 고추장밖에 없어 임금이 놀라움을 금치 못했다는 이야기는 오늘날에도 많은 사람들에게 귀감이 되고 있다.

방촌의 정치는 어떤가. 세종이 가장 훌륭한 임금으로 남는 치세도 황희와 같은 재상이 뒷받침해 주었기에 가능했다고 본다. 훌륭한 임금은 훌륭한 신하를 두어야 치세를 빛내게 마련이다.

세종의 정치 성향은 친정형親政型이었다. 모든 일을 몸소 돌보고 일일이 확인하는 형이기에 대신에게 정사를 위임하고 그 결과를 책임지는 형으로 철저하다.

황희 정승은 수하들과 일심동체가 되어 같이 일하는 화합형 재상이다. 웬만한 일을 위임하는 형, 이를테면 세종은 정도正道로서 개혁, 창조를 제시해 주고 방촌은 소수 집단까지 껴안아 모두의 힘으로 전진하는 형이다. 두 분이 부국강병의 길로 유능하

고 영리한 해결사들로 화합을 이룬 정치가였기에 가장 훌륭한 업적을 남겼다고 본다.

국가가 발전하고 삶의 질을 높이려면 역사를 돌아보아야 한다. 그리하여 선조들의 훌륭하고 참된 가치를 찾아 현실에 교훈삼아 미래를 설계하고 추진하며 진전되고 보람된 삶을 영유하여야 되지 않나 본다.

1452년 세상을 떠날 당시 작성된 졸기卒記에 보면 황희는 관대, 후덕, 침착, 신중하며 재상의 식견과 도량이 넓었다고 한다. 또한 자질이 크고 훌륭하며 총명이 남보다 뛰어났다고 한다. 그분의 일화를 보면 알 수 있다.

젊었을 때 어느 날 길을 가다가 검정소와 누렁소가 쟁기질을 하는 농부를 만났다.

어느 소가 일을 잘하느냐고 묻자 하던 일을 멈추고 다가와 귓속말로 "누렁소가 잘한다며 짐승도 저 안 좋다는 말은 알아듣습니다"라고 말했다. 그 후 크게 깨닫고 평생 검소하고 후덕한 도량을 갖게 되었다고 한다. 농부의 하찮은 말이지만 삶의 진리를 배우고 귀천을 가리지 않으며 누구에게나 친절하게 대했다고 한다.

또 어느 때는 퇴근길에 집에 들어

서자 여자 몸종이 자기 억울함을 호소했다. 정승은 그녀의 말을 듣고 "네 말이 맞다" 하니 다툰 몸종이 울면서 또 이야기하니 "네 말도 옳다"라고 했다. 그 옆에서 듣고 있던 부인이 "이 사람 말도 옳고 저 사람 말도 옳으면 누구의 말이 옳다는 말이요" 하니 "당신 말도 옳다"고 했다는 일화는 누구에게나 자기만이 가지고 있는 정의正義가 있다고 본 것이다. 그러기에 가정을 다스림에 검소하고 기쁨과 노여움을 안색에 나타내지 않았다고 한다.

일을 논할 때 정대正大하여 대체大體를 보전하기에 힘쓰고 번거롭게 변하는 것을 좋아하지 않으며 재상이 된 지 24년 동안 중앙과 지방에서 어진 재상이라 칭송이 자자藉藉하였다고 한다.

황희는 세종묘정世宗廟廷에 배향되어 불천지위不遷之位로 종묘안 공신당功臣堂에 모셔져 83위가 봉안되어 있는 중 역사에 빛나는 세종 옆에 청렴한 재상으로 안치安置되어 있다.

나는 반구정을 다녀올 때마다 오늘을 살아가는 요즈음 황희와 같은 정객들이 많이 배출되어 우리의 삶을 더 한층 밝고 참된 생활의 본보기가 됐으면 하고 기도해 본다.

최부희 _이사

배추 외1편

밭이랑에 나란히 누워
삶을 이야기한다

비바람을 맞아 보았더냐
뙤약볕에 그을려 보았더냐
참새들의 배꼽을 보았더냐

석 달 동안 달빛 품고
겹겹이 채운 고독
드러내기 부끄러워 깊숙이 감추었다

고랑 건너 무밭에
차마 곁눈질 못하고선
애틋한 손등마다 초록 주름 쌓여간다

이렇게 살다가
첫눈 내리기 전에는
일어나야 한다

일어남이
죽음이란 걸 알면서도.

12월에는

12월에는
지금껏 걸었던 오솔길을
뒤돌아보지 말자

한 장만 더 비우면
새로 담을 시간 있거늘

흐트러진 발자국마다
참회로 채워 넣고
흰 눈으로 감싸주자

채우다가 멈춘 자리
미련 하나 있거든
사랑의 종소리로
어둠 속을 깨워 보자

언 손 녹여줄
따뜻한 두 손이 되자

12월에는.

임병전 _ 이사

도솔산의 축제 외1편

여명의 문을 열고
쉼 없이 달려온 태양이
도솔산 서쪽 하늘에
저녁노을 그려놓고
황홀한 축제를 연다

도솔산의 솔바람은
선운사의 추녀끝 풍경을 흔들어
축제의 시작을 알리고
사랑의 마술사 꽃무릇은
도솔산 곳곳에서 무리를 지어
알몸으로 정열을 불태우며
애틋한 사랑노래 끝없이 이어진다

인생의 황혼도
우주공간의 자연처럼
아름답게 물들 수 있을까?
도솔산의 꽃무릇을 상상하면
고향 떠난 나그네 향수에 젖어든다.

사랑이란

아름다운 사랑은
이별을 맛보지 않아도
애틋하고 그리워하며
진정한 사랑은
그 무엇으로도 갈라놓을 수 없다

사랑이 없으면 미움이 없고
사랑이 없으면 행복도 없고
꽃에 향기가 없으면
벌, 나비 찾아들지 않는다

사랑은 정량도 없고
사랑은 유통기한도 없고
오래 되어도 부패하지 않지만
함량은 순수해야 하고
고통과 인내가 없으면
달콤한 행복을 맛볼 수 없다

아름다운 사랑은
오래도록 소중히 간직하고
서로 마음을 보듬어 주어야
예쁘고 사랑스럽다.

술

조재완 _이사

우리가 너나없이 즐겨 마시는 술. 그 술은 우리 생활에 없어서는 안 될 생활의 좋은 벗이다.

잔칫날에도 술이 있어야 제격이고, 제삿날에도 술이 빠지면 안 된다.

술은 담배, 커피와 함께 우리 생활의 애환과 시름을 달래 주는 중요한 기호품의 하나인 것이다.

술은 왜 마시는가?

물론 취하려고 마신다.

그러나 술을 마시되 반드시 취하려고만 마시는 것은 아니다.

생각해 보면 술을 마시는 이유는 앞서 말한 대로 취하기 위해서 마시는 것 말고도 많이 있다. 기분이 좋아서도 마시고, 기분이 나빠서도 마신다. 잠이 안 와서도 마시고, 속이 상해서도 마시는 게 술이다. 그런가 하면 다른 사람과의 교제를 위해서도 마시고, 아랫사람을 잘 따르게 하기 위해서도 마시고, 윗사람의 비위를 맞추기 위해서도 마신다. 또한 사업상의 교제나 잘 안 풀리는 일을 풀기 위해서도 술을 마신다.

그런데 술은 일종의 마약과 같아서 술을 자꾸 마시다 보면 습관성에 빠지게 된다. 급기야는 술의 폐해를 알면서도 끊지 못하는 술 중독에까지 이르게도 된다. 마치 담배가 몸에 안 좋은 줄을 알면서도 쉽게 끊지 못하는 것처럼 술도 그러하다.

술은 많은 사람이 흔히 알고 있는 것과는 달리 그 자체로서는 해로운 음식이 아니다.

술을 한두 잔 정도 마시는 것은 혈액 순환에 도움을 주고 저조한 기분

을 전환시켜 몸에 활력을 불어 넣어
주기도 하여 몸에 좋은 면이 있다.

그래서 예로부터 우리 조상님들은
술을 약주藥酒라고도 하고, 반주라고
하여 식사와 곁들여 마시기도 하여
왔다. 그러나 모든 세상 이치가 다 그
렇듯이 과유불급過猶不及이라고, 술도
그 마시는 정도가 지나쳐서 문제다.

술이란 묘한 데가 있어서 자제하면
서 마시기가 어렵다. 처음에는 사람
이 술을 마시고, 그 다음에는 술이 술
을 마시며, 종내는 술이 사람을 마시
는 지경에까지 이르는 경우가 많다.

꽤 오래 전 나의 아버지가 큰 누님
을 여의어 사돈집에 신행(신부 아버
지가 시집가는 딸을 시댁으로 데리
고 가던 풍습)을 갔는데 술을 무척
좋아하셨던 아버지가 사돈집에서 술
대접을 받고 만취 끝에 그만 음식을
토하는 등 큰 실수를 범하신 경우도
있었다고 한다.

술을 별로 좋아하지도 않고 주량도
적은 나 역시도 과음 끝에 실수했던
일이 몇 번 있다. 그 중 한 번은 질녀
의 결혼식 뒤에 혼주인 형님 댁에서
있었던 피로연에서 여러 가지 술을
섞어 지나치게 마신 일이 있는데, 돌
아오는 지하철 차중에서 많은 사람
앞에서 큰 실수를 한 것과 함께 속이
편하지 않아 크게 고생한 일도 있었

다.

그 때의 소회를 적은 시 '술' 이다.

오랫만이오!
오랫만일세!
만난 지 오래인데 어찌 우리
술 한 잔이 없을손가

부어진 술
올려진 잔
위하여!
위하여!
잔들은 허공에서 춤추고
소리는 귓전에서 울리는데
술은 목으로 미끄러진다

일배 일배 부일배
권커니 잣커니
잔들은 연방 채워지고
병들은 연방 비어간다

하얗던 얼굴은
벌겋게 물이 들고
물이 술인가 술이 물인가
술은 역시 술인가
술이 술술 넘어 간다

가야지
가야지
집에는 가야지

가기는 가얄 텐데
발은 왜 이다지
허공을 밟느냐
눈은 왜 이리도
자꾸만 감겨 오나
길은 왜 이렇게
좁아만 터졌느냐
고르지도 못하더냐

내가 마신 술이거늘
술 또한 날 마셨구나
기분은 좋다마는
몸만은 가눌 길이 없어라.

어! 좋다.
어! 취한다.

이래서 성경에서도 '술 취하지 말라(신약성경 개역개정판 에베소서 5장 18절 참조)' 고 하여 술이 주는 좋지 않은 점을 경계로 삼기도 하였나보다.

원래 우리의 술 문화는 술을 권하는 문화였다. 우리의 애주가들은 자신만 마시면 술 맛이 싱거워서일까, 상대방에게도 연방 술을 권하면서 마셨다. 지금은 극히 일부를 제외하고는 술을 그다지 강권은 하지 않는 것으로 바뀌어 가고 있어서 다행이다. 그것은 아마도 자가운전 문화의 영향 때문이기도 하겠지만 무엇보다 개인의 취향을 존중하는 사회적 경향 때문이기도 한 것 같다.

또한 근래에는 사람들이 부쩍 건강에 관심이 많아져서 술을 지나치게 마시는 사람들이 적어졌다. 그래서 그런지 예전에는 흔하던 술주정꾼의 모습을 보기도 쉽지 않다. 이는 사회가 그만큼 건강해졌다는 하나의 증표가 아닐까?

이처럼 술은 지나치게 마시기보다는 자신의 주량에 걸맞게 적당히 그 양을 조절해서 마시는 것이 자신의 건강을 위해서나 술로 인한 사회적 폐해를 줄이기 위해서도 꼭 필요한 덕목인 것 같다.

김성렬 _ 이사

단풍 외1편

오색의 찬연한
수줍은 붉은 입술
내 마음에 단풍들겠네

오롯이 붉게 물들고
핏빛으로 저미어
내 마음에도 단풍들겠네

가을바람 끝을 부여잡고
떨어진 융단 위에
내 마음에 단풍들었네

갈 숲에 부는 바람 따라
스쳐 지나간 인연에게
내 마음을 들켜 버렸네

비가 내린다

거리에 비가 내리면
내 마음 속에 스며드는
하얀 설레임으로
마음에 비가 내린다

대지를 촉촉이 적시는
부드러운 빗소리는
노랫가락에 젖어
마음에 비를 내린다

슬픔도 회한도 없는데
하염없이 주적주적
아련한 추억 속에
첫사랑비가 내린다

미움도 증오도 없이
까닭 모를 비에 젖어
생명의 새싹이 돋고
한없이 꽃비가 내린다

시

이서연 _이사

유월의 장미 외1편

몸은 고슴도치

눈부신 미소로
칼날 세워 웃고 있지만

마음 닫힌 듯
못다 핀 꽃 봉오리
꽃 피기 위해 몸을 연다

울음을 품에 안고
성큼 7월로 향해 가며

울면서 웃고 있는
너는 6월의 장미

송편

방앗간 기계에 쏙 들어가니
눈가루 되어 날린다
쑥물들어 봄날이 펼쳐진다

둘러앉아 주먹을 쥐고 펴는 손 안에서
반달 곰 복숭아 조개가 빚어진다

아기 주먹 밤톨
먹기 아까운 예쁜 송편

내일 아침 차례 상에서
아이들처럼 방긋거리겠지

나의 첫사랑

신춘몽 _ 이사

제기동 출신인 나는 어릴 때부터 명문대라 불려지는 학교의 학생들을 질리게 보고 자랐다. 지방에서 유학 온 학생들이 많았는데 그 중에서도 유독 나는 경상도 사람이 좋았다.

아니 경상도 사람이 좋은 것이 아니고 그곳 말씨에 끌렸으니 그 때부터도 이루지 못할 첫사랑의 조짐이 생겨난 것이 아니었을까 생각하니 참 우스운 일이다.

내가 어린 아이였을 때부터 스스로에게 다짐해 왔던 일은 결혼하게 되면 꼭 경상도 말씨의 남자여야 하고, 성은 민씨나 윤씨라야 한다는 생각을 하였다.

그런 쓸데없는 생각을 하던 나를 다시 생각해 보니 좋게 표현하면 순수했고, 제대로 말하자면 되바라지고 모자랐다는 생각을 하게 된다.

고려대 맞은편인 제기3동은 크지 않은 한옥집들이 모여 있는, 달밤엔 별님들이 놀러와 줄 것 같은 다정한 마을이다. 학생들이 많은 동네이니 남편 없이 집만 있어도 먹고 사는 데는 지장없다는 곳이다.

하숙을 치거나 방세를 받아도 먹고 살 수 있었으니까 그런 말이 나왔을 것이다. 아마 한석봉 어머니도 제기동을 그때 알고 있었으면 여기저기 이사할 곳을 찾지 않아도 됐을 것이다. 우리 집은 많이 크지는 않았지만 디귿자 형태의 집으로 우리 가족이 쓰는 안채를 빼고도 남는 방이 세 개였다.

그래서 학생들에게 세를 놓게 되었는데 일부러 그렇게 하려던 것은 아

니었는데 전라도, 충청도, 경상도 학
생들이 입주하여 살게 되었다.

전라도 학생은 언제 들어왔다가 언
제 나갔는지도 모를 정도로 조용했
기에 별로 기억나지 않는다.

다만 여고 1학년인 나를 마당에서
보게 될 때 허리까지 숙여서 존댓말
로 인사하는 것이 조금은 당황스러
웠다. 군대에도 다녀왔을 듯한 얼굴
인데 한 집에 살면서도 내가 제기동
집을 떠날 때까지 그 사람의 얼굴을
두어 번쯤 밖에 못 본 것 같다.

충청도 학생은 국문과 학생이라던
데 우리 엄마 비위를 잘 맞추면서 밑
반찬이나 특별음식을 잘도 얻어 먹
었다. 어떻게 우리 엄마를 현혹시키
냐 하면 사주, 관상, 꿈, 해몽 등을 잘
봐주었다. 그 학생은 군제대하고 복
학했기에 나이도 많았지만 처세술이
뛰어나고 말솜씨는 비단결 같았다.

내가 우리 집안에 무남독녀인 것을
알고 내 칭찬하기를 침이 마를 지경
이었다. 나의 사주팔자가 천귀와 천
녹을 타고났으며 남의 집 아들 열하
고도 바꾸지 않을 큰 인물이 될 팔자
라고 하였다.

그 말에 속아서 우리도 자주 먹지
못하는 돼지 불고기도 나눠주고 그
학생 방에 연탄불이 꺼졌다면 안방
연탄불하고도 바꿔주었다.

그 학생이 지금 내가 살아가는 모
습을 보게 된다면 그때 엉터리 점을
쳐 준 것에 얼마나 미안해 할까.

처세술이 좋은 그 충청도 학생은
졸업할 때까지 우리 집에서 내 엄마
의 각별한 예쁨을 받으며 지냈다.

그런데 문제는 경상도 학생이었다.
부산이 고향이라는 그 학생은 아주
잘 생긴 외모에 천진스러울 정도로
자유로운 영혼의 소유자이다.

좋은 말로 표현해서 천진스럽다고
하지 아주 뒤숭숭한 사람이었다.

하지만 그 학생에게는 거부할 수
없는 무기가 있었으니 뛰어난 외모
에 명문대 법대생이란 것이다.

거기다가 경상도 사람이고 더욱 그
의 성이 윤씨였으니 백 점짜리 맞춤
이었다. 나는 윤씨나 민씨하고 결혼
할 거라고 생각했었는데 그는 모든
조건을 갖추었으니 하늘이 나에게
준 선물 같았다.

나는 그렇게 생각하고 있는데 그
학생은 나에게 전혀 관심을 보이지
않았다. 여고 1학년과 대학 2학년은
나이로 따지자면 교제가 가능할 수
도 있는데 그는 나를 어린 아이로 보
는 것 같았다.

난 그때 165센티의 키에 우리 학교
천여 명 중 제일 예쁘다는 소리를 듣
고 지내던 자칭 퀸카였다. 하긴 증명

서류가 없으니 믿거나 말거나겠지만 소 닭 보듯 하는 그에게 작전을 바꿔서 꼬리를 치기 시작했다.

어느 날, 공부에는 관심 없는 나였지만 영어책을 들고 학생 방으로 입성했다. 벌이 찾지 않으면 꽃이 옮겨 앉아도 되지 않느냐는 앙큼하고 발칙한 생각을 하였다.

"내일 영어 시험인데요, 여기 좀 봐 줄래요?"

참으로 유치하고 속 들여다보이는 핑계답지 않은 핑계를 그는 속아 주었다. 삼각형의 그의 방에 들어가 그의 책상 앞 의자에 엉덩이를 밀어 넣었다.

남자 방에 처음으로 들어와보니 가슴이 콩닥콩닥 뛰었다. 그러다 책상 아래를 무심코 쳐다보니 동글동글한 덩어리가 십여 개 줄지어 있었다.

"저것이 뭐에요?"

손가락으로 가리키며 물으니 신었던 양말들을 똘똘 뭉쳐놓은 것이라고 당당하게 말했다.

맙소사, 양말을 그때 그때 빨지 않고 양말이 다 없어질 때까지 모아뒀다가 한꺼번에 세탁한다고 했던 그의 말에 꽃미남 얼굴에서, 땅에 떨어져 시든 누런 목련을 보았다.

그래도 그때는 발에 밟히는 목련이던, 고랑내 나는 양말이던 모두가 용

서되었다. 그런 것도 모르고 원래 총각냄새가 그런 줄만 알았다.

눈만 멀었던 것이 아니고 코까지 멀었던 시절인가 보다. 나는 의자에 앉았고 그는 내 등 뒤에 서서 내 귓불이 닿을 듯한 곳에서 영어를 가르쳐 주었는데 그의 입에서 뿜어내는 뜨거움이 내 가슴 속으로 들어왔다.

그날 그가 알려준 영어공부는 한 가지도 기억나지 않는 것을 보면 배움이 목적은 절대 아닌 것이 분명했다. 내 가슴 속에 그의 입김이 들어와 그렇지 않아도 화끈거리는데 그가 갑자기 나를 끌어안았다.

철없고 응큼했던 나의 속마음은 그것을 기대하고 있었는데 원망스럽게도 내 몸이 강하게 반항하며 그 방을 뛰쳐나오고 말았다.

내 방으로 들어와 이불을 둘러쓰고 좋아하며 몸부림을 쳤다.

'그 사람도 나를 좋아하고 있었구나' 하고 생각하니 나의 장래 모습이 마치 법관 사모님이 될 것을 약속 받은 것만 같았다.

검사, 판사, 변호사, 재판장….

역시 국문과 학생의 예언이 맞는구나, 엉터리가 아니었구나 하는 생각에 빠져서 까만 밤을 하얗게 지새우고 학교에 가서는 모처럼 공부를 열심히 하였다. 법관 사모님이 되려면

그에 맞는 품위도 갖춰야 하니까 말이다. 즐겁고 희망찬 마음으로 공부를 끝내고 그를 만날 기쁨으로 집까지 달려서 왔다.

그런데 이것이 무슨 일인가?

대문을 열고 들어서니 마당 한 가득한 짐이 꼭 이사할 분위기였다.

학생 방의 유일한 가구인 책 걸상이 나와 있었고 옷 보따리와 밥도 하고 국도 끓이는 양은 냄비 하나와 un이라는 글이 새겨진 커다란 군용 숟가락이 서글프게 누워 있었다.

엄마는 마루 끝에 서서 학생과 물건들을 사납게 쳐다보고 있었고 일하는 언니는 부엌문을 반쯤 열어 얼굴을 내밀고 구경하고 있었다.

다른 학생들 방문은 굳게 닫히고, 기척조차도 없는 상황이 심상치 않음을 감지했다. 어젯밤에 경상도 학생과 나의 사건을 지켜보는 눈이 있었으니 그 눈은 일하는 언니였고, 평소에도 손 하나 까딱 안 하고 시켜 먹기만 하던 나에게 통쾌한 복수를 한 것이다. 아침밥을 챙겨주면서도 알고 있는 내색을 않더니 내가 학교에 가고 난 후 일러 바쳤던 것이었다.

사실 따지고 보면 사건이고 뭐고 할 것도 없었지만 다만 사건을 만들려는 시도만 있었을 뿐인데, 그 학생은 어린 딸을 어찌해 보려고 했다는 괘씸죄를 물어 쫓겨나는 상황이 되었던 것이다.

나로서는 그 상황에 그 학생을 구명할 수 있는 힘이 없었기에 아무 말 없이 마당을 지나서 방으로 들어왔다. 아버지 같았으면 애교라도 부려 어떻게 해 보겠는데 엄마에게는 통하지 않는 일이기에 비겁자가 됐다.

원인 제공은 내가 하고 처벌은 그 학생 혼자 감당하게 했으니 난 비겁하고 나빴다. 눈물이 났지만 엄마에게 들키면 혼이 날까 봐 공부하는 척하며 책상에 얼굴을 파묻었다.

그런 일로 그 학생은 우리 집과 내 곁에서 떠났다. 가르마 같은 논길을 따라 걸어간 것이 아니고 우리 집에서 멀리 학교 뒤편으로 갔다 했고, 그 후에는 오고 가는 길에서도 그를 만날 수 없었다. 시작도 해 보지 못한 내 첫 사랑은 수십 년 동안이나 가슴 속 깊이 아쉬움으로 남았다.

텔레비전에서 법조인들이 나오면 혹시 그의 얼굴이 보여질까 하는 기대로 나의 두 눈은 반짝인다.

그 사람의 추억에는 내가 없겠지만 내 삶에는 항상 그가 있었다.

지금은 설사 그가 내 앞에 나타난다고 해도 나는 서둘러 숨어버리고 말 것 같다.

그 이유는 알 수 없지만…….

「향수」 문학관

원도길 _ 이사

내가 정지용(鄭芝溶) 시인을 시를 통해 알게 된 것은 '향수' 가 우리 가곡으로 불려지기 시작한 1989년이 아닌가 생각한다. 바로 그 해 나는 일본의 K대학에 부임하여 교편생활을 새로 시작하던 시절이었다.

그 후 나는 고국이 그리울 때면 가끔 한국 라디오 방송을 켜서 운 좋은 날은 한국가곡을 귀를 기울여 듣기도 하고 흥이 날 때면 혼자 소리를 내어 부르기도 했다. 당시 나는 이은상 시에 김동진 작곡 〈가고파〉를 즐겨 불렀다. 또 봄꽃이 피면 〈봄이 오면〉을, 낙엽이 지면 〈아 가을인가〉를 부르며 향수를 달래곤 했다.

한국의 시는 참으로 서정적이어서 누가 시를 읊어도 그 자체가 풍류라 하지 않을 수 없다. 더구나 그 주옥 같은 시구(詩句)에 멜로디를 붙이면 그야말로 금상첨화(錦上添花)가 아니고 무엇이랴.

정지용 시인이 〈향수〉를 작시한 것은 1927년 그가 26세가 되던 해 일본 교토에 있는 도시샤(同志社) 대학에서 유학하던 때였다. '향수' 는 고국을 떠나 외로운 이국땅에서 밤마다 밀려오는 고독에 고향의 임을 그리다가 쓴 詩가 아닐까 생각한다.

'향수' 를 읊조리다 보면 제 4연에 "전설바다에 춤추는 밤물결 같은/ 검은 귀밑머리 날리는 어린누이와/ 아무렇지도 않고 예쁠 것도 없는/ 사철 헐벗은 아내가/ 따가운 햇살을 등에 지고 이삭 줍던 곳/ 그곳이 차마 꿈엔들 잊힐리야."

더욱이 이 대목은 6.25 피난시절

충청도 어느 시골에서 풀죽으로 우리 네 식구가 고통 속에서 지내던 그 때 기억이 아련히 떠올라 내 가슴을 찡하게 했다.

지금으로부터 60년 전 여름 나는 보리 추수가 끝난 빈 들에서 어린 두 누나와 같이 보리밭을 헤매면서 낙수落穗를 줍던 추억은 지금도 잊을 수가 없다. '향수' 가 가곡으로 자리매김이 되기 시작한 것은 아마 90년대 후반이 아닌가 본다. 먼저 '향수' 의 주옥 같은 시를 살펴보면 어느 시구도 은쟁반 위를 구르는 옥구슬처럼 쟁쟁하고 반짝거린다.

그런데 그 시구 중에서 찡하도록 내 가슴에 다가오는 시어는 '어린누이' 와 '사철 헐벗은 아내' 이 구절을 나는 '어린 두 누나' 와 '사철 헐벗은 어머니' 로 가끔 바꿔 부르곤 한다.

6.25전쟁이 끝나던 해, 당시 피란민들은 어딜 가도 짐짝처럼 많았다. 헐벗고 배고픈 사람들이 빈들에서 그들은 무엇을 보고 무엇을 생각했을까?

그들은 텅 빈 들녘에서 떨어진 이삭을 거의 줍지 못했고 꺼져가는 배를 부여안고 절망의 눈물을 흘렸을 것이다.

그런데 지금 나는 열차를 타고 보리이삭이 누렇게 물든 황금빛 들판을 가로 질러 달리고 있다. 지난 여름 한국을 방문했을 때의 일이다.

나는 청주에 사는 외숙모님을 만나 뵙고 다음날 조치원역에서 옥천으로 가는 무궁화열차에 몸을 실었다. 정지용 문학관을 그전부터 가 보고 싶었기 때문이다. 차창 밖을 내다보니 한국의 풍요로운 농촌풍경이 끝없이 내 눈앞을 스쳐간다. 이미 보리 추수가 끝난 밭도 있고 아직 가을걷이를 하지 못한 황금 빛 들판도 드물게 보인다.

금강 철교를 지나 신탄진역에 열차가 머물렀을 때 나는 깜박 고개를 떨어뜨린 채로 오수를 즐기고 있었던 모양이다.

그 때 느낌이 이상해서 눈을 떠보니 이미 열차는 옥천역을 서서히 떠나고 있었다.

"낭패로고!"

나는 한참 쩔쩔매다가 언뜻 초등학교 친구 얼굴이 떠올랐다. 그는 영동에서 사법서사를 하고 있다는 말을 듣고 있던 터였다. 열차가 영동역사에 들어올 즈음 나는 친구의 주소도 전화번호도 모르는 상태에서 이번 역에서 내릴까 말까 망설이다가 무턱대고 차에서 뛰어내렸다.

영동은 초행이라 역 앞에서 두리번

거리다가 택시가 서 있는 곳으로 다가가 택시기사들에게 친구 이름을 대니 대뜸 안다고 답을 했다. 친구는 이 고장의 유지인가 보다. 택시에 오르자 기사는 나를 태우고 얼마 안 가서 내리라고 했다.

법무사무실 앞이었다. 사무실 안으로 들어가 보니 친구가 눈을 크게 뜨며 나를 의심했다. 오랜만에 만나니 반갑기 그지없었다. 내가 열차에서 졸다가 옥천을 지나쳤다고 하자 친구는 잘 왔다며 바로 자가용으로 정지용문학관을 안내하겠다고 나섰다. 영동은 작은 읍내이지만 백두대간의 높이 뻗은 황학산과 가까이 굽이쳐 흐르는 금강을 바라보니 산자수명_{山紫水明}의 아름다운 고장이라 자랑할 만도 하다.

평야지대의 평평한 도로를 따라 달리다 보니 어느새, 충청북도 옥천읍 향수길 56번지에 있는 정지용문학관에 닿을 수 있었다. 생가는 원래 하계리라는 마을에 있었는데 여기에 있는 초가집은 생가를 모형으로 새로 지은 것으로 두 채의 초가집은 마당을 사이에 두고 마주 나란히 서 있었다. 본채는 안방과 윗방 부엌, 말 그대로 초가삼간의 전통적인 농촌 가옥이었다. 열려진 안방을 살짝 살펴보니 시인의 쓴 시가 눈에 띄었다.

"얼골 하나야/ 손바닥 둘로/ 폭 가리지만/ 보고 싶은 마음/ 호수만 하니/ 눈 감을 밖에"

1930년 『詩文學』에 발표한 〈호수〉라는 짤막한 시가 액자 속에 들어 있었다.

이 시 역시 침사다정_{沈思多情}한 시인이 보고 싶은 임에 대한 애틋한 마음을 우의적_{寓意的}으로 표현한 詩가 아닌가 생각됐다.

한편 옆 뜰에는 정지용 시인을 기리기 위한 아담한 문학관이 차지하고 있었다. 마당 가운데에는 시인이 왼손에 시집을 들고 한복차림으로 우뚝 서 있는 동상은 너무 시인을 닮아 있었다.

문학관 안으로 들어가니 로비 한쪽에 한복차림을 한 시인의 석고상이 앉은 자세로 손님들을 맞이하고 있었다. 방문객들은 시인의 석고상 양옆에 나란히 앉아 사진을 찍으며 웃음꽃을 피운다.

나도 친구와 함께 정지용문학관에 온 기념으로 시인의 석고상을 사이에 두고 포즈를 취했다. 옥천군청 소속의 학예원의 안내로 관내를 살펴보았다. 불행하게도 6.25사변으로 인해 북으로 끌려가 짧은 생을 마친 시인의 역정을 살펴보니 왠지 애처로운 생각이 들었다.

한편 그 후 수십 년 동안 월북작가라는 멍에를 씌워 남은 가족들에게 말로 다 못할 간난신고艱難辛苦를 안겨 준 통한의 세월을 추상해 보니 인간은 영욕의 계루係累를 조금도 벗어나기 어렵다는 것을 새삼 느낄 것 같았다.

추측컨대 인민군이 3개월간 서울을 점령하고 있던 공포의 인공人共시대, 정지용 시인이 길가에서 우연히 만난 소설가 김남천金南天의 권유로 정치보위부에 자수한 것이 오히려 화가 되어 평양에까지 끌려가 형무소에서 모진 고초를 겪다가 그곳에서 향년 50의 생을 마친 것이 아닐까.

1945년 정지용 시인은 이화대학에서 3년간 국어와 영시英詩 그리고 라틴어를 강의했다. 그런데 정 시인이 이화대학을 그만둘 때의 에피소드는 유명하다. 「梨花 100年史」에 보면. "여자는 가르칠 게 못돼"라는 타이틀이 눈에 띄었다.

내용인 즉, 시인이 주례를 선 제자 K양이 결혼 3개월만에 자살을 한다. 돌연 상주가 된 신랑은 아내의 유골함을 매일 침상에 놓고 지내다가 한 달 후 신랑도 아내의 뒤를 따라 자살하고 만다.

단 한 사람의 첫사랑을 고집하는 끔찍한 치정극처럼 막을 내리지만.

원래 K양은 그 전에 첫 애인이 있었다. 그런데 그 남자가 변심하자 허탈해진 자신을 달래고 있을 즈음 마침 프러포즈를 해온 남자와 전격적으로 결혼을 하게 된다. 특히 애교가 있고 남성들로부터 인기가 많았던 K양은 신랑에게 도시락을 싸줄 때도 흰밥 위에 붉은 팥으로 'LOVE' 라고 글자를 새겨 신랑을 행복하게 해 주곤 했다.

그러나 K양은 행복을 느낄 때마다 과거를 잊을 수 없었고 그만큼 남편에 대해 미안한 마음을 갖고 있었다. 그리하여 "나는 행복한 이 순간을 영원히 간직하고 싶다"는 유서를 남기고 마침내 K양은 죽음을 택했고, 신랑도 아내의 망령에 홀린 듯이 그 뒤를 따라갔다. 자기를 화장해서 아내의 유골과 함께 강물에 뿌려 달라는 신랑의 유서에 따라 두 번씩이나 화장터에 다녀와야 했던 정 시인은 어이없는 듯이 "여자는 정말 가르칠 게 못돼. 너무 지독해" 란 말을 되풀이하면서 대학에 사표를 냈다, 는 얘기다.

여기서 정 시인의 소박한 휴머니즘을 엿볼 수가 있다. 그는 학생들과 술을 자주 마셨던 탓에 제자들은 정 시인에게 정종正宗이란 별명을 붙여주었다. 그러나 제자들은 그의 시인 기질과 휴머니즘을 좋아했고 따랐다.

그리고 정 시인은 제자들에게 추어탕도 사주고 전차표도 주면서 아낌없이 그들을 사랑했다.

인공시절 소설가 최정희崔貞熙 씨의 증언을 살펴보면 정 시인의 의협심을 엿볼 수가 있었다. 최정희 씨가 자필로 쓴 증언에 의하면, 1950년 7월 말 경, 북한의 문학 작가 동맹에서 문인들에게 자수하라는 요지의 벽보들이 서울거리에 나붙어 있었다.

정지용 시인을 포함한 20여 명이 자수하러 어둑한 길을 같이 걸어가고 있을 때 정지용 시인이 뒤를 돌아보더니 "최정희 씨는 따라올 것 없어요. 문학가 동맹에 가 계십시오"라고 말리는 바람에 최정희 씨는 오던 길을 되돌아가게 되었고 나머지 20여 명은 정치보위부 건물 마당으로 들어갔다.

그 날 이후 정지용 시인을 보았다는 사람은 아무도 없었다. 최정희 씨 자신은 정 시인의 말을 따랐기 때문에 납북을 면하게 된 것이라고 증언하고 있다.

정지용 시인의 〈향수〉가 1927년에 발표된 이후 30년대에 들어 작곡가 채동선 씨에 의해 처음으로 작곡되었다. 그러나 6.25사변 이후 정 시인이 납북이냐 월북이냐를 두고 숱한 갈등을 겪으면서 오래 동안 묶여있던 금지곡이 88년 봄 정지용 시의 해금과 더불어 작곡가 변 훈 씨가 그해 가을에 두 번째 〈향수〉를 작곡하였다. 지금 우리 국민들이 애창하고 있는 '향수'는 세 번째 곡으로 작곡가 김희갑 씨에 의해 만들어진 곡이다.

정지용문학관을 나오면서 나는 주위 사방을 휙 둘러보았다. 나지막한 산기슭 아래로 논과 밭들은 드문드문 보이는데 실개천이 눈에 보이지 않았다.

10년이면 강산도 변한다는데 시인이 '향수'를 지은 지가 어언 80여 년의 세월이 흘렀으니 실개천쯤이야 이제는 우윳빛 은하수로 바뀌었을지도 모를 일이다. 나는 푸른 하늘에 둥실 떠 있는 흰 구름을 한참 바라보다가 '향수' 문학관을 뒤로 했다.

염천炎天에 멀리 매미 울음소리가 왠지 구슬프게 들려왔다.

신유하 _ 이사

고향 외1편

천릿길 달려간 내 고향 해남
문득 억새밭 사이로
흰 머리 휘날리며 달려온
어머니 모습 눈에 어리네

예나 지금이나 추수 끝난 들판엔
땀방울 흥건히 녹아 있고
땅끝 갯벌에는
주린 배 채워주던 조개 바구니가
뻘 속에 묻혀 깊은 잠에 취해 있네

억새밭 품속에서 옛 친구들과
꿈꾸듯 짧은 시간 보내고
아쉬운 작별은 억새 울음소리로
스산하기만 하다

장마와 태양

2010년 여름
꼬박 70일을 쏟아 붓던 장맛비
주룩주룩 하염없이 내립니다

장맛비 개이고
하늘이 꿈처럼 푸르르니
햇살 가득 채반에 담아봅니다

장맛비 그친 오늘은
일상 보던 태양인데도
더욱 반갑습니다

먼~길 떠났다 돌아온
님을 뵈온 듯

조마리아 _ 이사

첫사랑 외1편

낯달 속에
저물 줄 모르고 떠 있는 백짓장 얼굴
너무 오래 세월에 걸려
밤낮으로 웃고 있더니
창백하게 여위었다
도륙되지 않은 오랜 감염으로
쿨럭여 온 마른기침
지병의 뿌리가 깊다
각혈로도 더는 흐를 피가 없는
군살 박힌 심장을
건조대 위에 내걸어
낭비한 시간을 말린다
좌뇌 깊숙이 도둑처럼 스며들어
영역만 넓혀 온 유일의 눈빛
시간의 꽃불 속에 타 버리고
남은 것 없는 빈 가슴을 열어
소망 없이 품어보는 아픈 자위

나는

위선의 높은 구두를 화려하게 신고
넘어지지 않으려 뒤뚱거리며
걸어가는 광대.
강한 기개를 자랑하다가
거친 폭풍에 큰 가지가 꺾인
병신 나무
청춘의 물오른 홍안을
절개로 지키며
지금도 후회를 모르는
쭈그러진 아집
아직도 백마 탄 흑기사를 기다리는
치매 소녀
담 너머 남의 행복도
가책 없이 슬쩍 훔쳐오는 도둑
신의 예정 안에 지명되어
부름 받은 자라고
감히 착각하고 있는
사이비 교주

장동수 _ 이사

황혼 외1편

찬란한 아침 태양도 어느덧
저 산 너머 석양이 다 되었네

친구야
우리 모두 이 세상에 잠시 머무는 구름 아닌가
저 먼 하늘에 천국이 있다 하지만
그곳을 알려 주러 온 친구는 어찌 없는가

지나온 세월 되돌아보니
바보 같은 삶이었네
이제 후회한들 이미 지나간 삶인 것을

석양이 지기 전
고달픈 나그네들에게
행복과 희망을 안겨주는 마중물*이
되길 원하네

그리운 친구여
저무는 석양에 곱게 물든 노을 꽃
향기에 사랑과 감사를 실어 보내오

*마중물 : 펌프에서 물이 잘 나오지
아니 할 때 물을 끌어올리기 위하여 붓는 물

항해

인생은 망망대해茫茫大海
평온하다가도
갑자기 풍랑이 일기도 하지

격한 파도를 잠재우는 묘약은
오직 사랑과 의지뿐
사랑의 꽃잎으로 고사 지내면
행복의 열매를 내려주겠지

머리보다 가슴으로 사는 삶에
진정한 행복이 있듯이
순항할 때보다 폭풍우 속 항해에
더 큰 의미가 있네

영원한 님이여
신 앞에서도 당당한
사랑과 믿음의 항해를 하세

방향을 돌려라

경길수 _감사

직진으로만 달렸다.

우회전 좌회전 다른 방향이 안 보였다. 큰 길로 알고 직진한 것이 좁고 험한 산길이었다. 조금만 더 가면 싱싱 달릴 수 있는 넓은 길이 나올 것 같아 앞만 보고 직진했다. 그 사이 내가 보지 못하는 멋진 길들은 꿈꾸는 상상의 세상에서 구름처럼 떠다니고 있었다. 달리는 길목마다 위장된 도덕과 잘못된 거짓 정의들이 나를 위로하고 만족하게 하였다.

갈증을 느꼈다. 내 안에서 천둥소리는 들리는데 비는 오지 않았다. '방향을 돌려라' 천둥 속에서 들려오는 내 영혼의 소리를 들었다. 나의 손에 힘이 들어가면서 방향을 돌리기 시작했다. 좌회전 우회전 내가 돌리는 방향마다 새로운 길과 새로운

세계가 보이기 시작했다.

2011년 여름 2달간의 미국 여행을 다녀왔다. 목적은 동생 집 방문과 골프여행이었지만 내 삶의 방향을 돌리는 시작의 신호탄이었다. 고3 아들, 대학생 딸, 그리고 남편을 남겨두고 혼자만의 시간을 위해서 떠났다.

2달 동안 생소한 나라에서 여유를 누리는 시간은 살아온 시간들을 되돌아보고 앞으로의 삶에 대한 많은 생각들을 하게 되었다.

삶은 계획대로 이루어지지 않는다. 다만 꿈을 꾸고 방향을 돌릴 때 바람을 탈 수 있다는 확신을 갖게 된 것도 그 시간이 주는 여유에서 시작되었다. 여행의 매력은 현실을 떠날 수 있다는 것과 새로운 세상과의 만남에서 얻어지는 새로운 생각, 즉 방향의

전환이다.

거슬러 올라가는 것은 연어들의 특성이다. 방향을 거슬러 올라가는 것이 때로는 멋진 모험처럼 인생을 사는 교훈처럼 들릴 때도 있었다.

그러나 바람의 방향을 알고 방향을 돌리는 것이 지혜로운 행동임을 알았다. 사람들은 자신이 할 수 없는 일들에 대해 인생의 거창한 진리처럼 떠들어 놓고 책임을 회피하기 때문에 평범한 사람들은 그 진리라는 덫에 걸려서 평생을 방황하기도 한다. 수많은 책들 속에 흘리고 간 사람들의 생각들이 인생을 더 복잡하게 만들었는지도 모르겠다.

그 중에 많은 교훈들이 연약한 사람들의 지혜가 된 것은 분명하지만, 어쩌면 신이 우리에게 준 인생의 방법은 단순할 거라는 생각을 해 보았다. 사람들은 복잡한 것을 만들어 놓고 그것을 즐기며 살고, 그것 때문에 더 힘든 시간들에 빠져서 허우적대고 있다.

그러나 정작 T.V 프로에서 인기가 있는 것은 단순하게 사람을 웃겨 주는 코메디 프로가 아닌가? 인생을 코메디라고 하면 잘못된 표현일지 몰라도 요즘 돌아가는 세태를 보면 코메디가 아니라고 부인할 수 없다.

비진리가 진리를 앞서가는데 누가 함부로 정의를 주장할 수 있겠는가. 이럴 때 기본을 준수하는 직진이 올바른 운전일 수도 있지만 방향을 돌리지 않으면 내 안에 갇히고 말 것 같은 답답함이 있다.

'목표를 가지고 행하라.' 목사님의 설교가 끝나고 지루한 삶의 목표를 정하자는 생각에 제2의 미국 여행을 목표를 정한 것이 2013년 올해 2월이었다. 목표를 함께 하고자 하는 사람들과 20일간의 미국 서부 여행을 다녀온 것은 7월 말부터 8월 초였다.

또 한 번 방향을 돌리고 떠났던 여행에서 새로운 방향의 도전을 품고 돌아왔다. 내가 태어난 땅을 떠날 수 있겠다는 자신감을 얻은 것이다. 아마도 크게 방향을 돌려야 될 것 같은 도전은 꿈이라는 점으로 마음에 남았다. 안주하던 삶의 질서를 무너뜨려야 되는 사건이 될 수도 있는 도전을 받고 용기와 두려움의 갈등이 생기지만, 현실에 안주하며 직진만 하는 삶속에서 인생의 스릴을 느낄 수 없다.

방향을 돌릴 때마다 나타나는 새로운 것들이 나에게 살아갈 힘이 된다. 앞에 차만 따라가며 직진만 하다 갑작스런 사고에 방향을 틀지 않으면 나도 사고를 당하게 되는 것이 운전이다. 그렇다고 방향을 함부로 크게 틀면 난간이나 도로 밖으로 떨어져 더 큰 사고를 당하게 된다.

그래서 사람들은 자신의 방향을 지키려 하고 함부로 방향을 돌리지 않는다. 그러나 바람은 한 쪽으로 불지 않기 때문에 방향의 키를 잘 돌리면 목적지에 빨리 도달하게 된다.

내가 방향을 돌리려 하는 것은 바람의 역풍을 피하려는 방법이고 다양한 삶의 방법을 추구하려는 의도가 있다.

방향에 따라 달라지는 것이 인생의 재미라고 한다면 한 쪽 방향으로만 살기에는 너무 짧은 시간이 인생이기 때문이다. 신은 하늘에 계시지만 행동하는 자의 마음에는 신의 능력이 함께 한다는 것이 내 신앙의 진리이다.

어느 방송에서 자신의 성공담을 강연하는 프로그램을 보게 되었다. 미국 최고의 대학에서 공부했다는 40대 초반의 성공한 여자의 이야기는 자신이 선택하고 맛보았던 여러 방향에 대한 자신감이었다.

지금까지 자신의 것을 찾기 위해 여러 직업의 방향을 돌았던 이야기의 결론은 현실에 안주하지 말고 자신의 것을 위해 인생의 방향을 돌리는 용기였다. 방향을 돌리기 위해서는 용기가 필요하다.

사람들은 자신의 처한 현실만 보고 용기를 낼 엄두조차 못하고 똑같은 삶의 구렁에서 벗어나지 못하고 살아가고 있다. 환경을 벗어나는 용기만 있다면 언제든지 삶의 방향을 돌려서 다른 곳으로 이동할 수 있다.

비구름이 이동하지 않고 한 곳에만 머문다면 계속해서 비가 내리고 홍수가 나게 된다. 하늘의 조화는 방향을 돌리는 이동에서 이루어지고 땅이 그 혜택을 누리는 것이 지구가 유지되는 방법이라는 생각을 해 본다.

성공이라는 타이틀을 붙일 수 없는 인생이지만 기분 좋은 시간들을 만들어가기 위해 오늘도 나는 내 삶의 방향을 돌려야 한다.

이규복_감사

아름다운 동행 외1편

삼백 년을 하나님과 동행하다가
영원히 죽지 아니 하고 천국에서
아름다운 동행을 이룬 에녹을
사랑합니다.

에녹의 친손자 노아는 당대의
의 있는 자로 하나님과 동행하다가
방주를 만드는 축복으로 인류를
다시 구원하게 하는 아름다운 동행을

이룬 그 믿음 참 사랑합니다.
외로우신가요?
고독하신가요?
함께 울어 줄 사람을 찾으시나요?

불마차를 타고 회오리바람과 함께
하나님과 동행했던 믿음의 선지자!
엘리야처럼 하나님과 함께 하는
아름다운 동행을 만나 보세요

믿음

믿어 보세요 믿어 보세요
천지를 창조하여 선물을 인류에게
주신 하나님의 능력 믿어 보세요

아담과 이브의 첫 번째 거짓말로
벌거벗은 모습에 사랑의 가죽옷을
지어 주신 하나님의 사랑 믿어 보세요

가인과 아벨 형제들의
살인사건에도 살인자 가인을
끝없는 사랑으로 지켜주신 하나님 사랑을
믿어 보세요

믿어 보세요 믿어 보세요
인류의 죄를 대신해서
십자가에서 피 흘리신 독생자를 보내신
하나님의 긍휼한 사랑 믿어 보세요

믿음에는 모든 축복이 숨어 있습니다.
믿음에는 불가능을 가능으로,
괴로움을 즐거움으로, 설픔은 기쁨으로,
하나님이 우리들에게 끝없이 베푸는 사랑 만날 수 있어요

신민수 _ 사무국장

산천어 축제 외1편

또 한 떼가 접근했다
바닥에 드리운 미끼를 맴돌다
끝내 자리를 떠난다

은빛 몸통에 눈물 점 박힌 그 놈을
잡아 보려고 온통 얼음 구멍에
눈을 박는다

협곡에서 부는 골바람에
살갗이 오그라든다

무뚝뚝한 은빛 산천어를
물 밖으로 유인해 내는 일이란
확고부동한 그 놈의 선택에 달렸다

무엇으로부터 벗어나고픈 의지…
비상하려는 또 다른 자유에
겨울 하늘이 입을 봉한다

그대에게 · I

그대여

달빛을 베어 문 바람이
유리창 넘어 들어와
파르르 떨리는
달빛 한 움큼 풀어 놓습니다

그리고 오늘은
누구도 눈치 채지 못한 파편이 날아와
살아 있음을 기억해 내게 하고
등 돌린 어둠을 밝히는
노오란 달그림자에
데워진 그대의 마음,
반쯤 드러난 목덜미에
스치는 바람소리를 내고 있습니다

낮에는 어디에도 정情 둘 곳 없어
다른 곳을 바라보던 어긋나던 시선

아! 그대여
바람도 몰래 빠져 나가는 좁은 길
좁고 눈부신 밤길을
날개 단 풀꽃처럼 너풀너풀
웃고 있는 그대여

송랑해 _ 회원

사랑에 섬 독도 외1편

용궁에서 한반도 지키려 했으나
침략침략만 당하던 단군의 자손들
보다 못해 수호하려고 동해 바다에
큰 해산으로 우뚝 솟은 용왕님

바다 물 위에 올라와서 천지를 바라보니
임 향한 용왕 마음 강물로 넘치며
접히지 않는 날개 영해를 날면서
활활 타오르는 불사랑 하나
가슴에 품고 살리라.

꽃을 피우고새를 기르는 억겁을 이어온 생명소
괭이갈매기 노래는 자손에게 띄우는 사랑의 메아리
깎아지른 바위 너를 지키는 나의 날개라
세월이 강물처럼 흘러도 순백의 마음 변치 않으리.

동도의 일출봉에 해가 떠오르면
고운 햇살로 바다를 빗고
임을 위해 기도하는 암섬과 수섬

파아란 유리알 하늘을 따라 독립문 세우고
무리지어 밥 먹는 파랑돔아 행복하여라.
애타는 가슴으로 피운 해국아, 석죽아
파도와 해풍에 불굴하며 향기로워라, 영원히.

멋진 목소리

봄바람 부는 마음 강가에서
당신과 나의 천지에
꽃궁을 지어요.

푸른 꿈을 향하여 달려가는 사월의 생명처럼
희망을 샘솟게 하는 멋진 목소리
멀고도 가까운 하늘 아래 임이시여

가슴에 스며드는 봄빛을 그대와 나누리

임의 품안같이 포근한
당신의 음성으로
별이 빛나는 밤에 나를 불러주오

그대의 지친 어깨를 편안히 감싸주는
달빛 같은 나의 미소를 담아
청옥 빛 강물 같은
남은 세월을 우리 함께 달려요.

그리움으로 피어오르는
자줏빛 목련처럼 서정을 노래하며.

김상현 _ 회원

상락음주변 常樂飲酒辨 외1편

한 잔 두 잔 석 잔 술은 시나브로
먹구름 걷히고 파도가 멎고
강 건너 푸른 언덕에 꽃이 만발한다

무위자연에 무수옹 금강은
무애자재 선학 되어 무지개 타고 훨훨
금수강산에 도원선자 되다

주선 태백 이르기를
"석잔 술에 도에 들고 한말 술에 자연과 하나 되다
탁주는 현인 청주는 성인과 같다" 하였느니
내 이미 탁 청주를 석잔 한 말을 마셨으니
성 현인을 넘어 신선 경지에 들었노라

백두산(102)에 올라 호연지기를 포흡하고
102살 인류소망 장생묘법 증득하였으니
과유불급 절주로 호호낙락 상락음주
진시황 소원 불로장수를 대행하리라.

*常樂飲酒仙 金剛 : 自稱 無愁翁 桃源仙子

폐차장 풍경

산더미처럼 쌓인 폐차들

벤츠 포드 그랜저…
높은 사람 잘난 사람 태우고 우쭐했고

트럭 앰브런스 봉고…
화물 환자 노동자 태우고 고단했네

폐차장에 와 보니 너나 똑같은 신세
철 유리 플라스틱 분해되어 용광로행鎔鑛爐行

무상 세월에 귀천 영원한 것은 없다
생자필멸회자정리生者必滅會者定離 도루 아미타불

*폐차장에 산적된 각종 차량이 한결같이 분해 처분되는 모습을 보면서
만물에 생멸은 잠시 인연 집산으로 귀천 영원한 것은 없다는 사유에
작시

이재호 _회원

그 끝나지 않을 이야기들 외1편

걸어온 긴 발자국
한 번도
상처받지 않을 것처럼
살아갈 줄 알았는데
비에 젖은 낙엽처럼
무겁고 버겁다

햇살이 비칠 만하면
어깨를 짓눌렀고
알량했던 행복은
시래기처럼 질기고 질겼다

나뭇잎들은
가지를 떠나고
나는 낙조落照를 바라본다.

바위를 든 것처럼
무거웠다
버거웠다
그 끝나지 않은 거미줄 인연

그 끝나지 않는 가을앓이
그 끝나지 않을 이야기들…

이 가을에

이 가을에
나도 울긋불긋 물들고 싶다

고독의 절정을
불태우고 싶다
지나가는 바람처럼
흘러가고 싶다
단풍처럼
눈부신 색깔로
화장하고 싶다

잠시 서성이다가
어디론가 사라지기 전에
순백의 사랑을
첫눈처럼 내리고 싶다
나도, 이 가을에…

이종숙 _ 회원

아바타 외1편

거울 앞에서 마주한
한 시절을 꿈꾼
나의 아바타

삶의 고비마다
나를 일으켜 세운 건
내가 아니다

소박한 내 영혼의 집을
쓰다듬고 위로해 주는 것도
나의 아바타

안개 속에 서려 있는
가볍고도 묵직한 존재

먼 길 가는
어느 순간도
외롭지 않은 건
네가 곁에 있기 때문이지
나의 아바타

난 누군가에게

난 누군가에게
밤중에 내린 눈 위를 비추는
첫 햇살처럼 나는 그렇게 환하고 싶다

난 누군가에게
내 가슴 가득 무더기 꽃을 담아
맑고 순한 사랑을 나누어 주고 싶다

한없이 퍼주어도 모자람이 없는 사랑
환상이래도 좋다

난 누군가에게
마음을 나눈 마지막 사람이고 싶다

박준상 _ 회원

그 날을 잊어버려라 하니 잊고 있다 외1편

오거리를 가노라면
차마 잊을 수 없는 그 날이 나를 붙잡는다
내가 고등학교 2학년 때 수업이 끝나고
집에 왔을 때 우리집 살림살이가 길거리로 나와 있고
할머니는 실신해 계셨다
우리 식구는 정신이 나가 멍하니 서 있었다

악덕 사채업자가
우리 집을 빼앗아 갈려고 수단과 방법을 가리지 않고
그런 짓을 했다
악덕 사채업자 내 생애에서 사라지질 않는다
황혼의 나이에 옛집을 찾았는데
카페로 있었다

하얀 그림자가 자꾸만
그날을 잊어버려라 하니 잊고 있다
할머니, 아버지, 어머니가 그립다
구름은 바람 없이 못 가고
인생은 사랑 없이 못 가네
옛 시인의 시가 오늘의 나를 있게 했다.

알고 있었으리라

내가
하얀 달빛 아래서
이리도
섧게
우는지
소쩍새는
알고 있었으리라

푸른 하늘이
먹구름으로
가득차
천둥치고
벼락 치는 것을
꽃사슴은
알고 있었으리라

그림자가
느티나무 아래서
먼 옛날을
그리는 것을
아침 이슬은
알고 있었으리라.

홍경숙 _ 회원

도봉산에서 외1편

산이 품어주는 초겨울 향기에
발밑은 황금주단
느리게 느리게 걸으며 사색할 수 있는
이 여유로움
눈에 가득 담고파 발길 멈추고
아직도 제 몸 불태우며
뽐내고 서 있는 단풍나무들
백 년이 가도 천 년이 가도 너도 나도 우리
이대로였으면
마음이 적적하고 쓸쓸할 때면 둘레길 걷고
해질녘 따스한 가슴안고 살며 더욱 사랑하리

수상한 요금

목욕료
40대 이상은 1,000,000원
혼탕금지
기어이 입장한다면 빨간 딱지 받아들고
원탕 안에 들어가 생각에 잠기소

한참을 헷갈리다
이곳은 젊은이들이 먹고 마시는
만남의 공간이었다는 것을
잘못 들어갔다가는 본전도 못 찾고 나올 뻔
자조 섞인 한숨 토해내고
직설적이기보다
돌려차기 화법으로 나온 젊은이들의 거절법이
애교스러운 건지
우리들의 중년은 깨알 같은 글씨를 보며
점점 나빠진 시력을 탓하며 홍대입구에서
그래도 비싼 입장료가 안 붙은 옛날 다방 간판에
들어가 밥값보다도 비싼 커피를 마주하고
젊은이들과 혼탕을 하고
그들의 상술에 박수를 보낸다

시

김동익 _ 회원

장자莊子와 이야기 외1편

큰 꿈을 갖고 사해四海를 걷고 싶습니다.

큰 날개 갖고 푸른 창공을 훨훨 나르고픈 마음

허나 지금은 구불구불 굽은 언덕 산 등산길을

쉬었다 절 가는 언덕길을 기도하며 걷는 길도 갑니다

넓고 편안한 초원 평탄길 사색의 명상길 걸어

둘레길 가며 장자 만나 이야기 조용히 하고 갑니다.

편지

노란 단풍잎에 빨간 펜촉 글씨

그림으로 붉은 단풍에 사랑 담아

곱게 접고 접어 빨간 우체통에 넣을 수 없어

짧은 치마폭에 당신께 드립니다.

눈 감으시고 가을향취 입 맞추소서.

가을 축제의 꽃밭

박 하 _회원

파란 하늘을 쳐다보니, 반세기도 훨씬 전 가을운동회가 떠오른다. 타임머신을 타고 그날로 달려가 본다.

청명한 가을 하늘 아래 만국기가 펄럭이고 운동장 끝에는 연분홍 코스모스 하늘거리는 꽃밭 위로 빨간 고추잠자리가 춤추며 맴돈다. 햇볕에 새까맣게 그을린 초등학교 아이들이 검정 무명팬티에 흰 러닝셔츠를 입고 운동장에 학급별로 질서정연하게 서 있다.

그 아이들 속에 3학년 영이도 콩나물처럼 끼어 있다. 엄마가 싱거재봉틀 앞에서 덜덜덜 소리 내며 만들어준 검정 무명천에 옥양목의 흰 줄 표시가 뚜렷한 운동복 팬티(반바지)가 영이의 품에 꼭 맞다. 새로 산 흰 러닝셔츠도 산뜻하다.

청군은 이마에 청색 머리띠를 두르고 백군은 흰색 띠를 두르고 있다. 영이는 청군이다. 아이들의 웃는 모습이 채송화 같다.

가을운동회는 그야말로 마을의 축제이며 잔칫날이다. 운동장 가에는 광목 천막의 차일이 펼쳐져 있고 장사꾼들이 장사진을 이룬다. 임시로 꾸민 식당의 큰 가마솥에는 고깃국 냄새가 구수하고, 소두방(솥) 뚜껑을 거꾸로 해서 굽는 배추전 냄새도 고소하다.

풍선처럼 부풀어 오른 솜사탕은 혀끝에 닿자마자 사르르 녹고, 설탕을 소르르 뿌린 도넛, 불면 삘리리 소리 내며 커지는 오색의 풍선피리, 소다 넣어 부풀게 만든 단팥빵…. 돌처럼 단단한 아이스케끼와 오렌지 빛깔의 얼음냉차는 시원하다.

반별로 모여 정렬한 아이들은 응원 가를 신나게 목청껏 부른다.

"용감하고 씩씩하다. 우리 선수들/ 하늘을 찌를 듯한 너의 용기는….'

영이는 옆에서 응원가를 힘차게 부르는 친구 명희의 목에 시퍼렇게 불거진 심줄이 터질까 걱정이다. 하지만 터지지 않아 천만다행이다. 청군에 속한 아이들은 "청군 이겨라", 백군에 속한 아이들은 "백군 이겨라"고 힘차게 응원한다. 달리기, 공굴리기, 장애물경기, 기마전, 매스게임, 줄다리기….

영이네 반 아이들이 달리기할 순서다. 영이 차례가 다가오자 가슴이 쿵쾅거린다. 탕! 화약총 소리에 화들짝 놀라서 한 발 늦게 출발하여 달려간다. 영이는 골이 윙윙 울릴 정도로 젖먹을 때 힘까지 다하여 달려갔지만 꼴찌다.

다행히 '구구단 맞추기 달리기'는 1등이다. 꿈만 같다. 팔에 시퍼런 도장을 받고 상으로 공책 3권을 타니, 입이 소쿠리처럼 다물어지지 않는다. 마치 개선장군이 된 것 같다.

그때 영이는 학부형석 맨 뒤에 앉아있는 아버지를 본다. 수많은 사람들 중에서 맨 앞줄에 앉아있는 교장 선생님과 사친회 회장보다도 왜 아

버지가 먼저 보이는 걸까?

해님이 구름 속으로 숨바꼭질을 몇 번이나 했을까. 운동회를 총괄하여 감독하는 체육담당 선생님이 나팔꽃 모양의 확성기를 입에 대고 색종이 바구니를 터뜨리는 시간이라고 알려준다.

학교 반마다 아이들이 우르르 몰려나가 장대에 매달은 색종이 바구니를 향하여 모래와 콩이 들어있는 오자미를 힘껏 던진다. 얼마나 아플까? 마침내 장대바구니가 터진다. 바구니는 항복하면서도 활짝 웃는다.

그 커다랗게 벌린 입에서 '즐거운 점심시간' 글귀의 플래카드가 나온다. 아이들이 우와! 환호성을 지른다. 영이는 엄마를 찾는다. 저만치 운동장 느티나무 아래 연분홍 나일론 한복을 입은 엄마의 모습이 보인다.

그 곁에 여섯 살과 네 살 남동생이 "누부야, 우리 자리 여기다"라고 소리친다. 영이는 뛰어가 엄마의 치마폭에 감기며 어린 남동생들을 번갈아 안아준다. 엄마가 정성껏 싸온 보따리에는 김밥, 유부초밥, 오징어뎀뿌라(튀김), 삶은 계란, 사이다, 감이 들어있다. 영이의 눈이 빙빙 돌아가며 즐겁다.

특히 방 아랫목에서 담요를 덮어서 삭힌 감은 달고 아삭아삭하다. 삭힌

감의 단물이 남동생의 볼따구니에 퐁퐁 튕겨도 손으로 쓰윽 닦으며 웃는다. 늠이네, 용진이네… 이웃사촌들과 웃음꽃 피우며 따뜻한 인정의 음식이 오간다. 영이네 김밥은 맛있다.

"영이야, 너거 엄마, 일본에서 요리박사 하셨제. 너거 집 음식은 우째 그리 다 맛있노"라고 친구 명희가 감탄할 정도니, 엄마의 솜씨가 보통이 아니다. 출출하던 영이의 배가 포만감과 더불어 행복해진다.

장사꾼들은 아이들을 불러 모으려고 목청을 높게 돋운다. 영이는 난전을 구경하다가 액세서리 좌판에서 걸음이 멈춰진다. 뿔로 만든 진분홍색 장미브로치가 영이의 시선을 붙잡고 놓아주지 않아서다.

어머니의 저고리에 달아드리고 싶다. 아버지께서 우리 발발이(영이의 애칭) 먹고 싶은 것 사먹으라고 주신 특별용돈−꼬깃꼬깃 접은 돈을 다 주고 장미브로치를 산다. 연분홍 저고리에 브로치를 달아드릴 상상을 하니 즐겁다.

운동회의 열기는 불꽃처럼 계속 타오른다. 아버지가 검사동 동대표로 출전하여 영예의 일등을 하신다. 영이는 아버지가 올림픽에서 금메달을 탄 손기정 마라톤 선수처럼 자랑스

럽다.

해질 무렵에 운동회가 끝난다. 시끌벅적거리던 운동장이 별이 잠든 밤처럼 조용해진다.

저녁밥상을 마주하는 자리에서 영이가 하루 종일 궁금했던 일을 말하려고 입을 연다. "운동회 날, 많은 사람들 가운데서 왜 하필이면 아버지가 제일 먼저 눈에 보이는지 모르겠다"고 말하자, 식구들이 큰소리로 웃는다. 큰언니는 아버지가 잘생긴 분이라서 그렇다고 한다. 엄마는 "영이의 아버지니까 핏줄이 당겨서 자연히 제일 먼저 보이는 것이란다"라고 하신다. 영이는 고개를 갸우뚱거린다.

수많은 세월이 흘렀다. 뒤돌아볼 사이도 없이 앞만 보고 열심히 달려왔다. 그 시절 이른 봄의 새싹 같았던 영이는 어느덧 인생의 오후를 맞아 단풍으로 물드는 가을이다. 가을이라는 사색의 계절이 그녀를 어린 시절의 추억 속으로 산책하게 해 주었나 보다.

요즈음은 학교교육의 다변화로 아름다웠던 가을 운동회가 차츰 사라지고 있다니 아쉽다. 그 이유는 운동장이 좁고 운동회 준비에 따른 기간이 길고 비용이 많이 들기 때문이라

지만 다시 지속되었으면 하는 바람이다.

지난날, 가을 운동회는 각종 운동 경기 종목이 다양하게 펼쳐진 가운데 환호성과 박수, 응원가의 함성으로 감동의 물결을 이루는 종합예술이었다. 서로 우리 편이 이기라고 소리 지르며 고무줄 당기듯 팽팽한 신경전을 벌였지만, 은연중에 협동심과 페어플레이 정신도 배웠다.

아이들과 선생님, 가족과 이웃이 함께 어우러진 흥겨운 잔치였고 화합의 장으로 몸과 마음, 정신을 건강하게 해 주었다.

그때 그 시절, 기쁨으로 물들던 가을 운동회는 파란 하늘 어디쯤 가 있을까. 그날의 가슴 설레던 가을 축제의 꽃밭이 다시금 눈앞에 기쁨으로 펼쳐진다.

*영이는 박하 작가의 어릴 적 애칭입니다.

이미진 _회원

가을 외1편

햇살이 눈부신 아침
창문을 활짝 열어 제치고

시원한 공기 마시며
바람결에 나뒹구는
단풍잎을 주워

그이 모습 그려보고
불러 보고픈 이름 석 자
나뭇잎에 써놓고

사랑이란 두 글자 새겨
그대에게 모두 드리리.

삶의 고난

아득히 바라보이는
은빛 물결 춤추듯 일렁거린다

뱃고동 울어대는 유람선
사람들이 던져주는 새우깡
고단함도 잊은 채 다가선 갈매기

살아남기 위해 힘든 날갯짓을
몇 번이나 뒤척이며
얄팍한 인신공격으로
몸부림친다.

전사운 _회원

추석 외1편

달 뜨면
님 보듯
하늘을 보리

창가에
날고 있는
불꽃
내 마음 같은
반딧불이

휘영청
달빛은
집안 가득
사랑도
함께 찾아오리

뜬 계집

허기가 진다
육허기가

밥만 먹여 달라던 계집

머무는 마을마다
그림자로 남아
별바라기
우물에 샘 솟기
단비를 기다리네

바람은
한 곳에 머물지 않고
구름이 잠드는 곳도
알 수 없네

멀어져 가는 세월
잊혀져 가는 인연

모든 것이
봄날에 꾸는 꿈

이명숙현 _ 회원

달리다굼 외1편
- 일어나라

하시니

분별할 수 있는 시간 앞에

인간사
아집
모두
내려 놓으려고
터널 지나니
새로운 넓은 길이 보입니다

은혜의 마중물 한 바가지 붓고
펌프질하니
세속이 달아나
웃음 드리게 됩니다
내가 내가 하는 것 아니고
인도하심 닮아가는
깨닫는 감격입니다

햇볕을 주시니

한 번이라도
아픔이 없는 사람이
이 세상에 존재할까

대자연의 햇살
무심코 햇볕을 쬐다가
주님 감사합니다
몸과 마음이 무균이 되는 듯
이 순간 행복해서
감사의 눈물이 절로 나옵니다

낮은 길로 벗어 놓고
행함이 있는
따뜻한 햇살 되기 원합니다

정용채 _ 회원

아버지 외1편

내 아버지는
최강 동안이시다.
딸보다 젊어지시더니
몇 년 전부터
막내아들보다 젊어지셨다.
이러다 얼마 안 가
손주보다 젊어지실 게다.
마흔 셋,
내 아버지는
불로초를 드신다.
저승에다 숨겨 놓고
당신만 혼자
몰래 달여 드신다.

세월이 가니

세월이 가니 참 좋습니다.
주름살도 늘어나고
흰 머리도 많아지고
게다가 나이도
자꾸 자꾸 늘어만 갑니다.
그뿐인가요.
걱정근심은 산처럼 쌓이죠.
외로움은 바다만큼 고였습니다.
좋아 죽겠습니다.
가만히 있어도 늘어만 가니
절로 부자가 됩니다.
오늘도 저는 수지맞는
하루를 보냅니다.

정재황 _회원

주문진注文津 외1편

태백산맥 넘어
가로 막은 바다가
넓게 팔 벌리는 곳

육지인 듯 바다인 듯
늘 철썩이며
사람인 듯 생선인 듯
함께 춤추는 곳

사내들의 근육이
파도처럼 빛나고
아낙들의 육담肉談이
가면假面을 벗기는 곳

땀내와 비린내가 구수한 그 곳에
가끔은, 나를 던져놓고
펄쩍펄쩍
뛰놀게 하고 싶은 곳

홍도紅島에서

신안新安 앞 바다가 낳은 바위섬
사람들은 이곳을 홍도라 이르고
새들은 이곳을 낙원이라 부른다

파도가 젖물리고 바람이 돌보는 섬
철마다 동백은 불타 오르고
언덕엔 원추리가 금물결을 친다

애당초 이곳은 신神들의 놀이터
곳마다 기암절벽이 절경이고
얽힌 전설이 천년을 흐른다

저녁마다 펼쳐지는 사랑의 향연
먼 바닷길 붉은 양탄자 곱게 깔리면
임 오시나 발그스레 얼굴 붉힌다.

함경옥 _ 회원

첫눈 외1편

大地가 어수선해
눈을 뿌리네
하얗게
하얗게
눈을 뿌리네

大地가 아름다워
눈을 뿌리네
소녀의 얼굴 같고
할머니 손 같은
눈을 뿌리네

大地가 그늘져
눈을 뿌리네
예고도 없이
하얗게
하얗게
눈을 뿌리네

大地가 가여워

눈을 뿌리네
눈물 콧물 멈추게
눈을 뿌리네

大地가 어두워
눈을 뿌리네
아웅다웅 못하게
눈을 뿌리네

단풍

한 잎 두 잎 물감들여
색동저고리 지었네

청자빛 하늘 아래
따가운 太陽 받아
오색 무지개 띄었네

골짜기마다 단풍 향연
五方位*서 五方色** 받아
방방곡곡 洞天*** 노래부르네

*五方位 : 中, 東, 西, 南, 北
**五方色 : 靑, 赤, 黃, 白, 黑
***洞天 : 산천으로 둘러싸인 경치 좋은 곳,
　　　　 또는 무릉도원, 유토피아라고도 함

이소영 _ 회원

가을 연주회 외1편

톡톡톡 떨어진 노오란 잎새
바스락거리며 속삭인 그대
울긋한 세상에 소곤거린다

그윽한 커피 향 음률의 연기
아늑한 단풍잎 사이사이에
사각사각 사르르 스며든다

찬바람 살살 메조소프라노
비올라 그녀가 미소 지으니
차가움도 깜박 웃어버렸다

따스한 햇살의 오후의 유화
붓자국 남기며 꿈을 그리니
내 앞의 낙엽은 꽃이 되네요

눈앞의 세상이 낙엽이라도
품은 맘 그대로 세상 만드니
가을은 결국 봄으로 왔네요

시간 속에 내리는 빗물 방울

초록초록 촐촐촐
그 누군가의 삶의 비가로
가슴 속 한가운데 폭포를 담아

초록초록 살살살
그 누군가의 사랑의 초인종
마음 속 깊은 곳 벨소리 울리며

누군가에게는 우울의 그림자가
누군가에게는 생명의 오아시스

동전의 양면의 사랑과 증오처럼
차이가 차이를 만들며 공존한다

한밤에 내리는 빗소리의 연주는
영원의 시간 속 찰나의 순간으로
고독에 공존하는 시간의 동반자

시간과 함께 순간의 소리 듣고
한 순간 잡으려고 손을 내미나

허공 속에 손짓하는 미지의 인생
운명 앞에 직면하는 내일의 갈망

손가락 사이사이 흐르는 빗물방울
잡으면 사라지는 찰나의 허무세계

최순이 _ 회원

조각달 외1편

새벽 길
강철보다 더 딴딴한 얼음 길을
미끄러지지 않으려고
땅만 보고 걷다가
문득 하늘을 쳐다보니
까만 하늘에 노란 조각달이 떠있네
초승달? 그믐달?

아하

내일 모레가 설이지

귀향

외할아버지의 유해를 싣고
장대 빗속을 달리는 장의차
맞으면 아프기라도 할 듯한 이 빗줄기는
누구의 눈물일까

아름다운 고향 떠나
두어달 남짓한 도시생활
향수병을 앓듯 돌아가신 외할아버지
어제 그리던 고향이 발 아래 와 있습니다

이름만 들어도 설레던 고향 동리가
저수지 속으로 자취를 감추고
할머님과 가족들이 다정히 살던 때가
그리워 그리워 황망히 가셨나요

외할아버지!
할머니 옆에서
온갖 수중 고기의 왕궁이 된 물속의 옛집을
내려다 보시며
편안히 편안히 쉬십시오

지구문학작가회의 회원 주소록

(2013년 12월 현재, 가나다 순)

성명	주　　소	전화번호	이메일
강기추	성남시 분당구 전저동 느티나무마을 304-404호	016-9236-5321	
강석규	대구시 수성구 시지동 499 노변목련타운@104-802호	053-793-1300, 011-823-5550	
강영분	관악구 봉천1동 178-57	010-5778-4438	
강현주	전남 영암군 군서면 해창리 372-1	016-9415-0123	
경길수	군포시 당동 960-4 용호동문@ 301-1004호	010-8226-3955	niche-k@hanmail.net
고광용	중구 명동2가32-27 해암빌딩 6층 604호	02)319-2304, 723-1510	
고미경	양주시 덕정동 208-8 황금프라자505호 명인바둑학원	011-705-2335	
고영철	충남 계룡시 엄사면 삼진@ 105-410호	010-9481-2100	
고재석	마포구 도화1동 547 현대@ 112-1102호	010-6237-7956	
고정례	인천광역시 강화군 길상면 온수리 619-4남송빌라 나동 202호	032-937-1771	
고제우	전주시 덕진구 송천동1가 한양@ 109-806호	010-7315-3689	
곽병권	수원시 장안구 천천동 544 삼성래미안@ 109-302호	011-388-6495	
곽현정	군포시 당동 847-3 102호	010-7641-9010-7641-9399	
권오영	파주시 적성면 식현1리 157	019-250-4632	
권이봉	양주군 회천읍 덕정리 183	011-398-7216	
권카타리나	용인시 처인구 이동면 묵리 724-4	031)286-1938, 010-3933-5304	
권현숙	노원구 월계1동 436 동신@ 6-104호	02)918-0023, 011-9761-9923	
금동원	강서구 가양동 1500 강서한강자이@ 105-1403호	011-703-4203	mrstuna@hanmail.net
김관수	양천구 신정4동 904-4	010-5040-4149	
김기명	경기도 용인시 기흥군 보라동 558 신창@206-1602호	010-5005-5477	uob@naver.com
김기철	양주시 백석읍 오산리 531-6 한라그랑빌 라동 301호		cc-0630@hanmail.net
김동대	500 N, Midway DR, # J 102, CA. USA.	760-738-3943	sulimkim@yahoo.com
김동식	전북 고창읍 읍내리 518 진흥@605호	063-564-0708, 019-650-6145	hosan312@hanmail.net
김동익	노원구 중계본동 90-41 (약수대중 사우나)	010-6366-3533	poyang12@hanmail.net
김동일	충남 예산군 예산읍 신례원리305-3 충일@ 506호	041)334-1212	
김두은	제주시 연동 291-44 현대자동차2층	064)744-6026, 010-2697-5249	checem@hanmail.net
김문철	강서구 화곡동 1066-7	010-5295-5779	
김병관	충북 제천시 화산동 101-6	011-467-3976	

성명	주　　소	전화번호	이메일
김병찬	양주시 덕계동 신우@ 101-405호	011-264-5036	
김부조	강남구 신사동540-22 동서문화사 편집부	010-4243-2843	relief119@naver.com
김상현	경기도 의정부시 신곡1동 한국@608-202호	031)829-5204	
김　선	용인시 처인구 이동면 천리1134 금광 베네스타105-1504호	010-8726-1848	ksb1978@empal.com
김성근	광주광역시 서구 치평동 금호4차@ 401-403호	062-383-0748, 010-5057-9104	
김성열	수원시 영통구 영통동 956-2 청명마을 동신@312-1304호	010-3790-1322	
김성환	영등포구 당산동 4가 29 한강@102-1502호	010-3727-1423	
김성효	남양주시 호평동 371 라인@102-402	031)516-3965, 016-9633-0264	
김수해			
김순신	제주시 해안동 해안마을길 82 해안분교장	017-691-1505	7992kim@hanmail.net
김　영	부천시 원미구 중동 연화마을 1412-1208	010-3346-3262	
김영렬	전북 부안군 부안읍 봉덕리 808 동신@나동 201호	011-9646-5899	010kim@hanmir.com
김예태	동대문구 휘경동 317-60	02)2242-4308, 010-4740-8338	yt926@hanmail.net
김용철			kimyongchol@yahoo.com
김운재	인천시 부평구 산곡2동 235-4 산곡여자중학교	032-523-3698, 019-9193-0326	
김원기	의정부시 의정부2동 558-4 성원빌라 나-401	031)874-9537, 016-362-1031	
김유자	인천시 강화군 송해면 양오리 357-1김유자 인문서당	010-4767-5862	yoojaya@hanmail.net
김을나	군포시 수리동 설악@856-704	010-4308-7015	cheez1214@hanmail.net
김자희	강남구 삼성동 7-3 래미안 삼성2차@ 107-201호	011-9898-9908	
김재근	광주시 남구 주월2동 해태1차@103-302호	062-672-3593, 010-7186-3593	
김정권	정읍시 연지동 30-20 욕실나라	011-671-5462	
김정오	강서구 방화동 260-24	02)3280-8364, 011-246-2994	jungokim@hanmail.net
김정자	용인시 기흥구 보라동 현대1차@304-801호	017-282-3920, 031-274-0256	
김정현	안양시 동안구 평촌동 국제하이츠201호	010-5000-7164	kjsh2007@hanmail.net
김종군	양주시 삼송동 양주자이@ 301-1506호	010-7315-3689	
김종선	노원구 상계1동 1272 수락 현대@102-102호	031)576-9543, 011-226-2482	kjs3395@hanmail.net
김종식	서울시 중랑구 묵동 288 동구햇살@ 102-301호	010-5288-1580	
김종현	양주시 옥정동 매초산성	031-857-1112, 011-798-5420	
김주호	아산시 신창면 행목리 대주@104-205호	016-449-2006	
김진구	강원도 정선군 신동읍 예미리 716-2	010-5350-1973	

성명	주　　소	전화번호	이메일
김진섭	송파구 방이2동 177 도무스빌 1001호	010-3945-1757	jinsupkimn@hanmail.net
김진섭	노원구 하계1동 255-1 삼익선경@1-802호	010-9670-3217	
김태준	대구시 남구 봉덕2동 효성타운 102-1207호	053-471-1408, 011-9593-1408	
김평년	송파구 거여2동 225-77 302호	010-7757-2747	
김현수	양주시 회정동 189-9 회정 문화 빌라 가-302호	017-276-5817	
김현숙	경기도 안산시 단원구 와동 808-15101호	010-9250-2701	forward0730@hanmail.net
김현종	노원구 월계1동 929현대@106-202호	02-2285-6012, 010-5399-3922	khj3922@hanmail.net
김희정	화성시 향남읍 행정리 향남지구 휴먼시아@705-1406호		hakha3232@hanmail.net
김희한	충남 천안시 동남구 다가말 2길54 104-806호	041)551-7773, 011-9803-7743	daa7773@paran.com
도종길	부산광역시 해운대구 좌동 1394 두산1차@110-906호	010-3851-4382	
동봉스님	충북 괴산군 원풍면 원풍리 48 홍천사	011-503-9737	
라정현	종로구 누하동 126 남전빌라 102호	010-3607-6690	
류순회	안양시 만안구 안양동 190-6 동성@나동 109호	010-3018-9945	moonvic@hanmail.net
문숙자	동두천시 생연동 335 에이스@ 201-1506호	010-4335-6444	
민경옥	송파구 방이동 126-13 401호	02-416-8049	
민선숙		010-3332-6492	sulha9777@hanmail.net
민정기	광진구 자양동 150 광진구청 가정복지과	010-2952-3007	
민　향	송파구 문정동 3번지 현대@ 15-202호	010-2362-5707	45hyang@naver.com
박경아	전주시 서신동 현대@ 105-101호	010-8648-2097	
박경회	용인시 수지구 문정로55, 한성@103-1102호	010-4281-1026	
박근수	양천구 목4동 772-7 신동아파밀리에@101-1403호	010-3441-9475	
박란주	중구 수표동 11-9 12통 4반	02)2285-3247, 011-9788-3247	
박무길	부산광역시 수영구 광안4동 1222-16	010-9341-4201	
박서연	송파구 잠실7동 우성@ 8-901호	010-4477-2349	
박소은	강서구 방화3동 청솔@ 301-1206호	010-3250-3693	
박숙기	구로구 개봉동 현대@ 26-1601호	011-767-8899	
박영규	송파구 오륜동 올림픽선수촌@101-401호	011-798-5420	
박영만	종로구 돈의동 39-2 낙원오피스텔10층2호	031)313-9531, 016-310-5786	choobopk@hanmail.net
박영석		010-6292-6135	yspark5943@yahoo.co.kr
박완규	광주시 서구 쌍촌동 1344-1 빌라델교회	010-4601-1925	

성명	주　　소	전화번호	이메일
박용석	안양시 만안구 안양6동 541-23 옥토교회 목사	031)448-4359, 019-314-0091	yspark@hanmail.net
박은석	송파구 송파2동 173-6 다성빌라101호	010-4335-1677	es1677@hanmail.net
박일만	수원시 장안구 화서2동 646 주공3단지@ 305-703		
박정하	하남시 덕풍1동 덕풍현대@ 101-1507	031)794-2943, 010-2898-2943	hidhi@hanmail.net
박종길	도봉구 쌍문1동 357-6 금강@ 204호	011-315-7553	
박주승	경남 밀양시 삼문동 청구A 101-1008호		
박준상	전남 목포시 상동 960	061-282-3081	
박　하	대구시 북구 칠성동2가 355-1칠성 우방맨션 101-402호	053-358-8333, 010-3474-8333	parkha620@hanmail.net
박해미	충북 옥천군 군북면 환평리 167-2번지	017-701-1375	hmpark6500@hanmail.net
박현순	강원도 인제군 북면 원통3리 4반	033)461-3133	
배효전	경남 창원시 반지동 26번지(창원중앙교회)	055)273-1003, 010-4333-0692	mbjone@hanmail.net
백동림	송파구 신천동 장미@ 3차 1-1001호	010-7519-6484	
백두현	충북 제천시 봉양읍 연박리 1283 (주)박달재LPC		
백승우	경기도 양주시 남면 매곡리 68-18	011-239-2291	
백활영	서초구 방배4동 849-28	010-8496-3388	
변복순	강원도 홍천군 서면 모곡2리 911	010-4161-4164	
성기옥	강북구 수유4동 569-52	010-3003-5526	
손승회	양주시 산북동 1번지 한승@ 101-707호	031-841-1653, 010-7310-4959	
손치하	양주시 산북동 364-20	010-671-8472	
송낙문	충남 태안군 원북면 반계리 세운건설	011-453-5640	
송량해	성남시 중원구 상대원동 2969-3 (3층)	010-7517-3933	srh1203@hanmail.net
신기윤	송파구 오금동 58-3	010-8702-4150	
신민수	안양시 만안구 안양9동 수리산힐스테이트304-401호	010-6395-7996	ms_tess@hanmail.net
신봉균	대전광역시 동구 오동 39-1(바람의 노래)	010-7325-0456, 042-282-9779	
신상호	충남 태안군 원북면 동해리 1구	019-523-5838	
신순애	서울시 마포구 아현2동 659-3	010-9610-0228	
신유하	마포구 망원2동 433-16	010-2242-2234	
신인호	도봉구 쌍문동 59-5 한양@ 604-211호	010-3265-4898	sin6875@hanmir.com
신은미	남양주시 평내동 550 금호어울림@1404-1701호	011-768-6842	
신춘몽	중랑구 중화동 91-1 2층	010-3808-6141	

성명	주 소	전화번호	이메일
안병돈	관악구 신림8동 546-4	02)855-3324, 011-230-3324	ahnbd@sinsung.sc.kr
안수빈	대구시 북구 구암동 831-6 영남불교대학	053)313-0108, 019-456-5154	
안종숙	노원구 하계1동 255-1 삼익선경@ 1-802호	010-7572-2380	
안효자	대구시 달서구 도원동 롯데캐슬레이크 103-1103호	053-633-4398, 011-476-7807	
양동식	군산시 미장동 예그린@102-206호	063-445-6098, 010-5278-6098	
양창국	송파구 잠실7동 우성A 21-205	010-4041-4273	ckyang41@hanmail.net
여재학	제천시 화산동 통일 무궁화@102-102호	010-9425-9092	yih-2580@hanmail.net
여해룡	서울 광화문 우체국 사서함 1681	017-235-0870	
오영수	양주시 고암덕정주공@행복한마을 801-501호	010-6364-5867	youngsu424@hanmail.net
우정남	부산광역시 해운대구 반여1동 763-43(30통-3반)	016-631-8311, 051-524-8311	
우제봉	충남 예산군 대술면 화천2리 473	041)333-5124, 011-434-5126	wjb5124@hanmail.net
원도길	부산시 연제구 연산3동 1832-7 3층	051-867-5181	
원순옥	군포시 금정동 849-1 화성무궁화@123-1502	011-9150-2464	sok221@hanmail.net
유건애	1105 west Knickerbocker dr, Sunnyvale Ca 94087	408-373-3204	
유승권	대구광역시 수성구 상동 396-4	053)769-7272, 016-484-9447	
유영미	강서구 화곡4동 472-20호	010-7936-7070	
유지원	중구 회현동1가 206 남산SK리더스뷰@ 1402호		
윤명철	서울시 중구 필동3가 동국대학교	010-8570-8736	ymc0407@yahoo.co.kr
윤범식	강남구 일원본동735 가람@108-207호	010-2737-4568	ybsnn@paran.com
윤보영	종로구 세종로 정부종합청사 국무총리 교육문화 심의관실	02)720-2153, 011-296-4442	
윤수아	구로구 온수동 155 온수힐스테이트 115-902호	010-5291-5522	sooah83@hanmail.net
윤영옥	고양시 일산서구 일산3동 후곡마을 1107-201호	031-916-2085, 010-2713-2085	
윤오용	천안시 동남구 청수동 엘지선경@ 113-402호	010-6286-1000	
윤재하	강동구 명일동 삼익그린@ 502-305호	010-2572-1829	
윤혜숙	구로구 구로1동 한일유엔아이@102-502호	010-8772-7923	
은요숙	관악구 신림본동 1638-5	02)855-3324, 011-9977-8219	
이갑덕	대구시 달성군 화원읍 본리리113-1 대곡역그린빌 113-1501호	010-9717-4136	
이광연	노원구 중계1동 359-1 주공5단지@ 517-1208호	011-414-8703	
이규복	서초구 서초동 1717-2 우암B/D 3층 한신 법무법인	02-993-4972, 011-249-0101	lgbok0101@hanmail.net
이금월	제주시 이도2동 이도@ 107-205호	010-9621-1301	

성명	주 소	전화번호	이메일
이다솔	강동구 고덕동 197-3(3층)	010-8623-1649	necho_skql@naver.com
이다현	경기도 광주시 탄벌동 경남@205-201호	010-8928-0242	
이덕주	영등포구 양평동1가 9-45 제이스 엔지니어링	010-8229-1792	djl2000@hanmail.net
이동민	관악구 대학동 산56-1 서울대학교 10동 211-2 사범대 지리교육과 교재개발실	010-4140-3849	ldmin1988@naver.com
이명숙현	강남구 역삼2동 707-18 우정 에쉐르2차 207호	017-224-9763	sidk925@yahoo.co.kr
이문호	서울시 영등포구 대림3동 현대@ 101-410호	02)834-0039, 010-7216-0039	lmh70kr@hanmail.net
이미진	시흥시 거모동 612-1 동보@107동606호	010-2989-7350	
이민언	송파구 신천동 11번지 장미@22-1307호	010-2733-6797	meolee@cmpas.com
이병학	서울 강동구 고덕동 상록@818-101호	010-3711-1225	hakyang@korea.com
이서연	인천광역시 남구 숭의2동 294-1	010-7554-4988	
이성자	정읍시 영원면 앵성리 156	010-2682-7924	
이성주	익산시 어양동 부영1차@ 108-908호	010-7765-0072	
이소영	강서구 화곡본동 56-80	010-6370-5798	
이수인	서초구 서초2동 1335 무지개@ 5동 603호	011-319-9219	
이승은	강남구 논현동 통현@ 6-1107호	02)543-6865	
이영숙	대구시 북구 칠성동2가 127 성광 우방@ 107-307호	053-355-3118, 016-9773-3118	lys0528@hanmail.net
이영옥	서초구 서초동 우성@ 10-202호	011-307-9477	
이오순	김포시 풍무동 유현마을 현대 프라임빌 209-1602호	011-9764-3170	sungdohwa@hanmail.net
이용권	동두천시 지행동172 동양엔파트 104-402호	031)941-3626	
이윤래	군산시 경장동 493-19	011-9644-7738	
이인수	충남 서산시 해미면 대곡리360 한서대 대학원 노인복지과 전임교수	011-9058-6252	
이재심	동대문구 전농동 삼성@101-902호	02)2213-9976	
이재호	송파구 문정동 28-21 청기와아트빌라 302호	010-4641-7645	binsom@hanmail.net
이정화	성남시 중원구 상대원2동 3066번지	010-7509-0323	eks323@hanmail.net
이정회	안산시 단원구 선부3동 공작 한양@ 119-1505호	017-236-6987	
이종곤	제주시 사라봉길15. 건입동 세일빌라 504호		
이종미	충남 당진군 당진읍 읍내리 25-6신성@ 2-1006호	019-410-2006	rose2676@hanmail.net
이종봉	구로구 가리봉1동 127-26	011-205-8789	
이종숙	부천시 원미구 중동 856 평화노인재가복지센터	010-5278-8882	jongsuk8599@hanmail.net
이종일	송파구 마천2동 9번지 아남@205호	02)403-6645, 011-217-6647	

성명	주 소	전화번호	이메일
이중옥	제주시 한림읍 대림리 1848-2	010-2873-2723	
이진숙	용인시 수지구 상현1동 성원상떼빌3차@230-303호	010-4261-4155	
이학영	강서구 화곡1동 361-1 대림@4-201호	010-3274-7282	rhiys@hanmail.net
이희선	성동구 마장동 533-31층	010-5883-6326	poethisun@naver.com
임병전	마포구 중동 64-25 현대상가 1층 (동아서점)	010-2396-1644	limbyungjeon@hanmail.net
임숙현	충남 연기군 남면 보등리 386-3	011-9410-7088	7088lsh@hanmail.net
임순택	고양시 일산동구 풍동 1265 숲속마을 주공@ 407-1301호	010-7774-1000	lst74@hanmail.net
임정희	전주 완산구 효자동3가 로반베르디움 103-1501호	010-2036-0751	
임춘식	성북구 돈암1동 633 동부센트레빌 108-2004호	02-949-0120, 010-5397-1900	chsrim@hanmail.net
장동수	강남구 역삼동 315-1, 501-301호(개나리SK뷰)	011-286-1160	
장봉호	마포구 서교동 395-13 4층 (서원기업)	010-4332-9100	
장성연	강서구 화곡6동 1148 우장산 롯데3차 102-504호	02)2601-2359, 010-6228-2359	
장순복	파주시 법원읍 가야리 안산빌라 107-301	031)959-7418, 011-9654-7419	
장택상	전주시 완산구 색장동 340-1	010-3781-2281	
전병삼	강남구 개포동1620-11 현대@ 101-203호	010-9030-5619	sopyeong@hanmail.net
전사운	제주특별자치도 제주시 애월읍 상가리 1658-2	011-723-6763	
전승종	제주시 도담동 78 영산홍@ 가동 401호	018-621-7021	
전재근	천안시 성황동 104-88 지구촌 선교회 목사	041)565-1301, 018-212-2229	
전춘희	광명시 철산2동 165-2	010-6248-3243	
정광제	서초구 반포동 58-9서초빌딩 6층 파워플러스영어학원	010-8587-8274	
정기용	동대문구 장안동 336-1 현대홈타운@ 120-1104호	02-2245-8851, 011-334-6433	keeyoung3981@naver.com
정다운	밀양시 단장면 고례리 1606-1번지	010-6241-3089	madpr@naver.com
정명욱	부산광역시 동래구 명장1동 134-3 화목그린빌라 B동 502호	051-527-6704, 019-528-6704	
정미예	대전광역시 동구 낭월동 석천들주공@102-403호	011-452-0855	
정순덕	노원구 공릉2동 동신@ 103-1404호	010-9191-8545	
정연남	용인시 구성읍 보정리 대림@ 205-701호	010-6238-2034	wavepado@hanmail.net
정영남	경기 군포시 당동 881-10 2층 1호	010-2316-2188	86joungyn@hanmail.net
정용채	안양시 만안구 박달동 68-106호	031-447-9314, 010-5755-9314	jychao@hanmail.net
정재황	천안시 동남구 용곡동 우림 필유@ 108-701호	041-571-1361, 016-9253-1361	jisoo@kpanet.or.kr
정종심	부천시 소사구 괴인동 113-10호	011-706-6660	

성명	주　　소	전화번호	이메일
정충모			nicemen1753@hanmail.net
정한준	부산광역시 북구 덕천동 324-4	011-9310-4370	
정희선	부산시 영도구 동래동2가 112 미광마린타워 104-1503호	011-587-4379	
조마리아	서울시 은평구 대조동 39-12번지(201호)	010-9670-3217	
조명옥	양주시 봉양동 145번지 (배양농원)	031)858-1069, 010-6334-1069	
조영자	경북 경산시 백천동 백천부영초록마을 109-1206호	053-801-9475, 011-523-8380	
조은섭	전북 부안군 부안읍 행중리 254-2	010-2942-6770	67788282@hanmail.net
조재완	동대문구 이문동 363-2	011-9275-4985	
조진영	동작구 사당동 1150 삼익그린뷰@ 101-302호	010-3130-0704	
조창원	송파구 문정2동 올림픽훼밀리@225-204호	010-3420-7476	
조춘성	양주시 봉양동 286번지	031)858-0403, 010-6260-8530	
조충기	서초구 서초동 1357-20 건축사무소(간향)	02)585-1051, 011-727-1216	
주진호	성남시 중원구 상대원1동 1719-3(1-2호)	031)757-8434, 010-8328-8434	
진동규	전주시 완산구 효자1동 296 대우청솔@ B-302호	063-224-1264, 010-4177-6761	
지영순	부천시 원미구 상3동 다정한마을 2129-1902호	032-324-5275, 019-377-5272	
지은재	고양시 일산동구 장항동 호수마을311-301호	031-908-1004, 017-723-8205	isbs0691@hanmail.net
지종찬	용산구 이촌로 303 현대@ 23-1006호	010-2268-3594	
진현정	경남 하동군 양보면 박달리 집홀길 41	010-4096-2328	
천병옥	광명시 광명7동 현대@ 1702호	011-9459-7701	
최문재(미례)	강서구 화곡3동 1091번지 대우푸르지오@142-1202호	010-8865-0147	moonja60@yahoo.co.kr
최미숙	마포구 공덕동 188-108마포 현대@ 1-1112호	010-4192-3241	
최부회	안성시 공도읍 만정리 한국폴리텍여자대학 나노측정과	031-650-7235, 010-5662-0724	vheechoi@gmail.com
최상학	남양주시 와부읍 도곡리 두산@110-1501호	031-521-0038, 010-8780-4737	
최세양	도봉구 방학동 270 삼익 세라믹@ 105-504호	019-9142-8695	
최순이	강동구 성내3동 380-1, 상우빌라 202호	010-4517-4711	
최순회	전주시 덕진구 송천동1가 12-10 진흥더블파크 106-907호	063-272-0809, 010-3082-1206	
최인찬	서울시 강동구 성내동 삼성@202-1603호	02)6412-2328, 011-443-2328	
최전엽	인천시 연수구 옥련동 633 현대@ 202-1904호	032-832-8685, 016-9858-8685	wjsdnjs88@hanmail.net
최종환	대구시 달서구 한실로 78-1 사계절타운 307-801호	010-5191-9283	
최혜원	전주시 덕진구 인후동2가 1564 대우 초원@ 102-310호	010-3045-6297	

성명	주　　소	전화번호	이메일
한경선	광진구 구의2동 77-37번지 경복빌라 303호	02)458-6358, 010-9281-6358	hanks906@hanmail.net
한경회	안양시 만안구 박달2동 신안@ 1-616호	010-6280-2962	
한권교	전주시 완산구 삼천동1가 주공@606-104호	011-654-9622	
한귀남	종로구 계동 2-61	018-231-4534	skiload@hanmail.net
한길남	부산시 사하구 당리동 301-13 새동림@나동 202호	010-6303-3649	
한복용	양주시 남면 신산리 168-7 꽃의 나라	011-9088-5942	
한성숙	관악구 봉천1동 1511번지 33호 301호	02-872-1134, 016-9576-1134	
한혜숙	도봉구 쌍문2동 81-76 새울 센스빌 502호	011-240-8660	sensevill1025@hanmail.net
함경옥	노원구 상계3동 불암동아@105-1802호	018-252-4518	
함　근	동작구 흑석2동 28 한강현대@113-502호	02)542-6611,010-2717-8364	
함홍근	동작구 흑석2동 28 한강현대@113-502호	02)542-6611, 010-2717-8364	
허순행		010-8145-2149	moon1080@hanmail.net
홍경숙	도봉구 도봉동 641 성원A 111-1306호	010-3561-8876	kkhh7577@hanmail.net
홍명숙	광주광역시 북구 용봉동 산117-1	011-9624-4719	hongmysu@yahoo.co.kr
홍연수	강서구 화곡3동 1091 대우푸르지오@ 142-1202호		
홍인옥	인천시 남동구 구월2동 힐스테이트@ 3104-404호	018-245-4604	
홍재숙	서울 강서구 방화3동 348-1	02)2666-2190, 010-2974-2190	hongjaisuk@hanmail.net
홍하정	경남 마산시 월영2동 614-57		
황조미	관악구 낙성대동 1510-43401호	010-3384-2175	
황태성	의정부시 호원동 230-6 도봉산 덕천사(무진스님)	010-9343-3125	tete1971@hanmail.net
Soojung Kim	37 Gatman Street Birkenhead Auckland New Zealand	64-9-483-5080	

지구문학작가회의 사화집   제12집 | 2013

2013년 12월 15일 인쇄
2013년 12월 18일 발행

지구문학작가회의 자문위원   양창국 윤명철
회장   신인호
부회장   조창원 윤범식 김기명 임춘식
              백활영 전병삼 민   향
사무국장   신민수

발행인   김정희
발행처   지구문학

등록 제1-A2301호(1998. 3. 19)

110-122 서울 종로구 종로2가 39 뉴파고다빌딩 215호
전화 (02) 764-9679   팩스 (02) 764-7082
E-mail jigumunhak@hanmail.net

정가 10,000원

대체계좌(농협 : 양창국) 302-0150-8320-01

※ 잘못된 책은 바꿔 드립니다.

ISBN 978-89-89240-53-2   03810

신민수 시집

달콤한 게으름

신민수

1959년 서울에서 출생했으며 동국대 전자계산과, 방송대 국어국문과를 졸업했고 경기대 교육대학원 청소년 성상담과정을 수료했다.

2001년 계간 문예지 『지구문학』으로 등단했으며 시집으로는 공저 《네 장의 삽화》,《사막을 걷는다》 등이 있다.

한국문인협회 대외협력위원, 지구문학작가회의 사무국장, 「팔색조」 동인으로 문단 활동하고 있다.

2006년부터 현재까지 계간 『지구문학』에 연재시를 발표하고 있다.

B6변형판/ 132쪽/ 값7,000원

시인은 남유(catachrése)를 즐기고 있는 것이다. 그것은 기호의 게임으로 포스트 모더니티를 상징하는 文彩문채가 되고 있었지만 남유란 '원래의 어떤 관념에 이미 쓰이고 있던 어떤 기호의 새로운 관념―언어 속에 고유의 기호를 그 자체로 가지고 있지 않았던가 혹은 다른 고유의 기호를 이미 갖고 있지 않은 새로운 관념―에 충족시키는 것을 말한다.

따라서 그것은 달리 비유할 수 없을 때 뜻바꾸기(轉義)를 얼마든지 즐길 수 있겠다. 그러나 포스트 자본제 하에선 가령 케이팝의 걸그룹이 신체를 에로틱하게 기호화 하듯 글쓰기도 새로운 시니피앙을 찾기 위해서 우회하거나 해석을 지연시키며 즐기는 기호 놀이로 한판 게임을 펼칠 수 있는 것이다. 시는 책속에 갇혀 있을는지 모르지만 그러나 신민수 시인이 생산한 남유는 되풀이 읽어야만 재미가 있고 새로운 가능성도 보일 것이다.

― 김상일의 「작품해설」 중에서

지구문학

주소 110-122, 서울 종로구 종로2가 39 뉴파고다빌딩 215호
전화 (02) 764-9679   팩스 (02) 764-7082 E-mail jigumunhak@hanmail.net

김부조 시집

그리운 것은 아름답다

B6신판/ 131쪽/ 값7,000원

김부조의 시는 시편마다 변증법적 사유의 가능성을 깊이 안고 있다. 마치 삶의 네비게이션을 탑재한 원고지처럼 어느 때나, 어느 곳이나 찾아 나설 수 있고, 감지할 수 있는 만능적 종합적 수퍼 컴퓨터의 기능을 드러내려 하지는 않고 있으나 굳이 숨기려 하지도 않는다.

수년 전까지, 쉽게 접하던 힘들고 한 서린 작품에서는 단어 하나, 행간 등 조심하려는 혼적이 많았었다. 연과 연, 망치와 징의 다듬는 소리가 곳곳에 자리 잡고 있었으나, 요즘의 시는 대담하고 줄기차다. 힘이 넘친다. 간혹 매끄럽지 못한 낯선 용어가 옥수수알처럼 섞여는 있으나, 산뜻하다. 반면 단조롭다. 지나치리만치 겁 없이 뛰어다니는 시인이다. 방안을 서성이다가 마루를 건너뛰고, 울타리를 넘기도 한다. 좁은 일터를 기웃거리다가 지하철을, 시장을, 도로를 달리기도 한다.

— 함홍근의 「발문」 중에서

김부조 金富祚

1957년 부산에서 출생, 울산에서 성장했다. 1981년 전국대학생문예 소설부문에서 대상을 수상, 문인의 꿈을 키워가기 시작했다. 1982년부터 중등교과서, EBS 교육방송교재, 세계대백과사전 편찬 등에 기여하며 출판, 편집의 외길을 걷고 있다. 2009년 『지구문학』 시 부문 신인상으로 문단에 발을 들여 놓은 뒤, 2010년에는 『한국산문』 수필 신인상으로 산문작가로서의 길에도 발걸음을 보탰다.

- 한국문인협회 회원
- 지구문학작가회의 이사
- 한국산문작가협회 회원
- 울산 「경상일보」 칼럼 〈태화강〉 집필 중
- 현재 동서문화사 편집부 근무
- http://blog.naver.com/relief119

지구문학

주소 110-122, 서울 종로구 종로2가 39 뉴파고다빌딩 215호
전화 (02) 764-9679　팩스 (02) 764-7082　E-mail jigumunhak@hanmail.net

소나기 지나간 자리

김성열 시집

B6신판 양장본 / 148쪽 / 값 10,000원

김성열 金成烈

전북 장수 출생
2009년 『수필시대』로 등단
수필집 『꿈을 찾아 떠난 여행』 발간
청하문학회회원
에세이포레 회원
학력
장수고등학교 졸업
서울 동양공업전문대학 기계과
남서울대학교 경영학과
숭실대학교 중소기업대학원 경영학 석사
중앙대학교 국제경영대학원 최고경영자과정 수료
건국대학교 일반대학원 경영학 박사
현재 : 프롬써어티(주) 대표이사
　　　　남서울대학교 경영학과 교수
　　　　수필가
주소 : 경기도 수원시 영통구 영통동 956-2
　　　　청명마을 동신@ 312동1304호
자택 : 031-222-8325
회사 : 031-725-7800
핸드폰 : 010-3790-1322

　　김성열의 시편들은 언뜻 평범한 일상적 소재를 취택하여 시상을 전개하고 있는 듯 보이지만, 실상 시인의 내밀한 세계의 깊이를 감지하게 하며, 삶의 현장에서 바라보는 존재의 규명과 자아응시를 통한 자기 성찰과 삶의 다양한 포즈를 탐색하게 한다.

　　이는 우리의 삶이 일상적 삶을 벗어날 수 없는 동심원을 감지하게 하며, 그 안에서 일구어야 하는 선 지향적 삶의 소망이 독자의 가슴을 촉촉이 적셔주고도 남음이 있으리라 여겨진다. 한 편의 시가 병들고 가슴 아파하는 우리들의 마음을 얼마나 정화시켜 주는가를 김성열의 시편들은 보여주고 있다고 하겠다.

　　— 문학평론가 한상렬의 「작품해설」 중에서

지구문학

주소 110-122, 서울 종로구 종로2가 39 뉴파고다빌딩 215호
전화 (02) 764-9679　　팩스 (02) 764-7082　E-mail jigumunhak@hanmail.net

B6신판/ 120쪽/ 값 7,000원

김기명 서정시가 가지고 있는 시대성이라는 자질은 획일화를 벗어나는 것이고, 고착화를 거부하는 자질이다. 자세히 말해 획일화를 벗어나고 있다는 것은 오늘의 대부분의 서정시가 자칫 자연친화를 부르짖거나 에코토피아(환경시)를 주장하면서 합리적인 자연개발에까지 저항하는 유사 서정시 편향의 시를 쓰거나 환경파괴를 반대하는 정치적 구호를 일삼는 따위의 획일화에서 벗어나는 순수 서정시 창작을 의미한다.

이와 같은 면에서 여기 김기명의 예시는 미루나무와 황소를 '우리'로 화자화話者化하여 시적 주체가 지닌 서정적 자아의 복합적 정서(또는 마음, 정신)의 준거틀이 어디에 있는가의 시대성을 말하고 있는 것이다.

— 이수화의 「작품해설」 중에서

김기명 시집

소와 미루나무

牛步 김기명

1940년 경남 거창에서 태어났으며
새마을지도자연수원 교수 역임
서툰 농사꾼, 여행가
2005년 『지구문학』 시 부문 신인상으로 등단
2006년 『지구문학』 수필부문 신인상으로 등단
현) 한국문인협회 회원
　　지구문학작가회의 부회장
　　통영문협 상록수문인회 회원
e-mail : ubo@naver.com

지구문학

주소 110-122, 서울 종로구 종로2가 39 뉴파고다빌딩 215호
전화 (02) 764-9679 팩스 (02) 764-7082 E-mail jigumunhak@hanmail.net

대바람소리

김시원 수필선

2010 조연현문학상 수상작

좋은수필사

金 始 原

- 본명 : 김정희
- 1934년 전북 남원 출생
- 1961년 원광대학교 국문학과 졸업

문단 약력

- 1960년 「평화신문」 수필 발표로 문학 활동
- 1961년 「전북일보」 신춘문예 소설로 등단
- 1987년 《고독한 영혼과의 대화》 수필집 공저
- 1987년 《사랑과 진실의 눈빛으로》 수필집 공저
- 1990년 《물빛 같은 그대 헤아리다가》 수필집 공저
- 1993년 《대바람 소리》 수상집 상재
- 1995~1997년 한국신문학회 고문
- 1998~2001년 한국민족문학회 자문위원
- 1998~현재 『지구문학』 발행인 겸 주간
- 2001~2003년 한국문인협회 『월간문학』 편집위원
- 2001~현재 지구문학작가회의 자문위원
- 2002년 《갈대밭 산조》 수필집 상재
- 2007~현재 한국문인협회 이사
- 2007년 《풍다의 사랑에 흔들리는 능수매화》 수필집 상재
- 2007년 《달밤의 요정》 콩트집 상재

화단 약력

- 1982년 구당九堂 이범재 선생으로부터 사사 받음
- 1986년 '86예술대제전 사군자 특선特選
- 1988년 제6회 한국미술제 자군자 대상大賞
- 1986년 '전북예술회관' 개인전
- 1986년 '예총회관 개관기념 86문협 시·서·화전' 출품 및 초대전, 자선서화전 외 다수
- 1997년 예총회관 김시원 묵란전

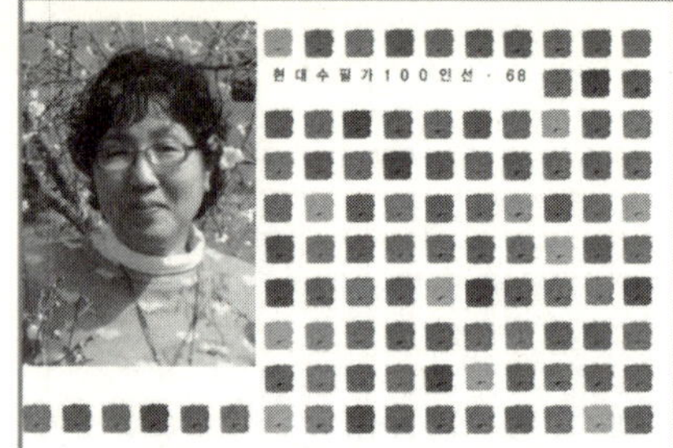

찔레꽃 꽃그늘 속으로

김용옥 수필선

제6회 에스쁘아문학상 수상작

좋은수필사

김 용 옥

- 중앙대학교 영어영문학과 졸업
- 1980년 『전북문학』에 〈서로가 서로를 원하는 이유는〉 발표로 문단활동 시작
- 1988년 『시문학』에 천료(문덕수 선생 추천)
- 1990년 『전북수필』에 수필 발표, 동인활동
- 제10회 노령봉사상 대상
- 제8회 전북문학상
- 제1회 박태진문학상
- 제9회 풍남문학상 본상
- 제3회 녹색시인상
- 제14회 백양촌문학상
- 2002년 전주시 문학예술창작지원도서 선정 《그리운 상처》
- 2006년 신곡문학상 본상(수필과비평사)
- 2008년 전북예술상(전북예술인총연합회)
- 2010년 제6회 에스쁘아문학상 수상

- 시집 : 《서로가 서로를 원하는 이유는》
  《세상엔 용서해야 할 것이 많다》
  《누구의 밥숟가락이냐》
- 시선집 : 《그리운 상처》
- 수필집 : 《生놀이》, 《틈》, 《아무것도 아닌 것들》,
  《생각 한 잔 드시지요》
  《찔레꽃 꽃그늘 속으로》
- 화시집 : 《빛·마하·生成》

좋은수필사

서울시 종로구 익선동 30-6 운현신화타워빌딩 3층 305호
TEL. 02-3675-5635/ 063-275-4000　　E-mail. essay321@hanmail.net